ぼくらの
消《き》えた学《がっ》校《こう》

宗《そう》田《だ》 理《おさむ》・作

YUME《ゆめ》・絵

はしもとしん・キャラクターデザイン

JN224124

角川つばさ文庫

「ぼくら」の事件《じけん》ファイル

夏休《なつやす》み　東京《とうきょう》の中学校《ちゅうがっこう》、1年《ねん》2組《くみ》の男子全員《だんしぜんいん》が
廃工場《はいこうじょう》に立《た》てこもり、大人《おとな》への反乱《はんらん》！

2学期《がっき》　“天使《てんし》ゲーム”それは、1日《にち》1回《かい》、
大人《おとな》にいたずら！　ところが、殺人事件《さつじんじけん》が…!?

3学期《がっき》　宇野《うの》と安永《やすなが》がUFO《ユーフォー》につれ去《さ》られた
ように消《き》えた!?　二人《ふたり》を救《すく》うため、宗教団体《しゅうきょうだんたい》の要塞《ようさい》へ侵入《しんにゅう》！

春休《はるやす》み　ドロボウのアジトを発見《はっけん》。盗品《とうひん》をうばい返《かえ》し、
貧《まず》しい人《ひと》にバラまく計画《けいかく》を立《た》てる！

ゴールデンウイーク　学校《がっこう》を解放区《かいほうく》に！　廃校《はいこう》をおばけ屋敷《やしき》
にして、悪《わる》い大人《おとな》との戦《たたか》い！

2年《ねん》1学期《がっき》　新担任《しんたんにん》と校長《こうちょう》が来《き》た。ところが、殺人予告状《さつじんよこくじょう》!?

2年夏休《ねんなつやす》み　美《うつく》しい自然《しぜん》をこわす大人《おとな》と、南《みなみ》の島《しま》での戦《たたか》い！
無人島《むじんとう》で怪盗《かいとう》との戦《たたか》い！

2年《ねん》2学期《がっき》　ヤバイバイト作戦《さくせん》！　黒《くろ》い手帳《てちょう》を手《て》に入《い》れる。

2年《ねん》3学期《がっき》　悪《わる》い大人《おとな》をやっつけるため、C計画委員会《クリーンけいかくいいんかい》を
結成《けっせい》！　悪《わる》い黒《ブラック》会社《かいしゃ》との戦《たたか》い!!

3年《ねん》1学期《がっき》　ぼくらだけの修学旅行《しゅうがくりょこう》を計画《けいかく》！　爆笑《ばくしょう》＆スリル
満点《まんてん》の体育祭《たいいくさい》！　子《こ》どもだけのテーマパークで決戦《けっせん》!!

3年夏休《ねんなつやす》み　1945年《ねん》にタイムスリップ!?
小学生《しょうがくせい》とおばけ屋敷《やしき》を作《つく》る！

3年《ねん》2学期《がっき》　人気《にんき》アイドルが一日校長《いちにちこうちょう》に！
先生《せんせい》にいたずら劇《げき》！　大爆笑《だいばくしょう》の学園祭《がくえんさい》!!

3年冬休《ねんふゆやす》み　無人島《むじんとう》ツアー！　黄金《おうごん》の宮殿《きゅうでん》!?

3年《ねん》3学期《がっき》　飛行機《ひこうき》がハイジャックされる!?

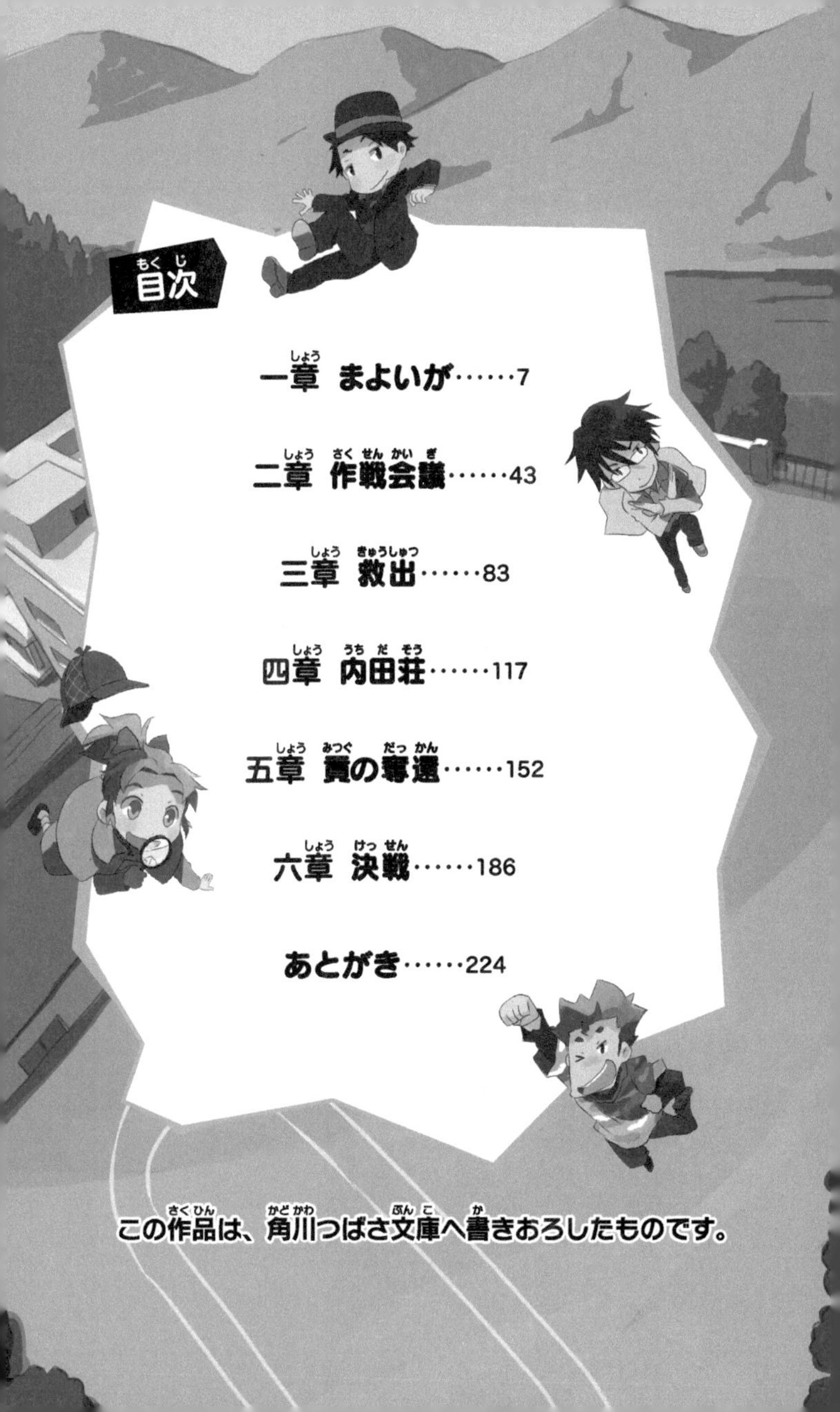

目次《もくじ》

この作品《さくひん》は、角川《かどかわ》つばさ文庫《ぶんこ》へ書《か》きおろしたものです。

ぼくらの消えた学校
人物紹介《じんぶつしょうかい》
菊地英治《きくちえいじ》
いたずらを
思《おも》いつく天才《てんさい》。
相原《あいはら》 徹《とおる》
英治《えいじ》の親友《しんゆう》。
両親《りょうしん》は塾《じゅく》を
経営《けいえい》。
仲間《なかま》をまとめる
リーダー。
柿沼直樹《かきぬまなおき》
医院《いいん》の息子《むすこ》。キザな性格《せいかく》。
安永《やすなが》 宏《ひろし》
友情《ゆうじょう》に厚《あつ》い、
けんかの達人《たつじん》。
久美子《くみこ》が
好《す》き!?
天野司郎《あまのしろう》
アナウンサー志望《しぼう》。
司会進行《しかいしんこう》と実況《じっきょう》の天才《てんさい》。
橋口純子《はしぐちじゅんこ》
中華料理屋《ちゅうかりょうりや》の娘《むすめ》で、
七人《にん》兄弟《きょうだい》の長女《ちょうじょ》。
中山《なかやま》ひとみ
水泳《すいえい》は中学《ちゅうがく》で
一番《ばん》の美少女《びしょうじょ》。
堀場久美子《ほりばくみこ》
得意技《とくいわざ》がケリ、
けんかの達人《たつじん》。

谷本《たにもと》 聡《さとる》
数学《すうがく》と機械発明《きかいはつめい》の天才《てんさい》。
日比野《ひびの》 朗《あきら》
食《た》べるの大好《だいす》き、料理《りょうり》も得意《とくい》。
中尾和人《なかおかずと》
塾《じゅく》に通《かよ》わず、抜群《ばつぐん》の秀才《しゅうさい》。
前川有季《まえかわゆうき》
勇気《ゆうき》があって、頭《あたま》の回転《かいてん》が早《はや》い。
佐竹哲郎《さたけてつろう》
愛犬《あいけん》タローとともに、仲間《なかま》を助《たす》ける。
足田《あしだ》 貢《みつぐ》
やさしくて、スポーツが得意《とくい》。あだ名《な》は、アッシー。
矢場《やば》 勇《いさむ》
テレビレポーター。ぼくらの捜査《そうさ》に協力《きょうりょく》。
宇野秀明《うのひであき》
電車《でんしゃ》や路線《ろせん》にくわしい。

英治《えいじ》たちが体験《たいけん》したこの物語《ものがたり》は、近未来《きんみらい》(数年後《すうねんご》、いや明日《あす》にでも)、読者《どくしゃ》のみなさんの身《み》にも、実際《じっさい》に起《お》きるかもしれません。

一章《しょう》　まよいが

1

英治《えいじ》が中学《ちゅうがく》二年《ねん》だった時《とき》、不思議《ふしぎ》な体験《たいけん》をした。

その年《とし》の秋《あき》、東京近郊《とうきょうきんこう》の山《やま》に、相原《あいはら》、安永《やすなが》、日比野《ひびの》、柿沼《かきぬま》、天野《あまの》の五人《にん》といっしょにハイキングに行《い》った。そこで、英治《えいじ》は相原《あいはら》と二人《ふたり》で山道《やまみち》を進《すす》んでいくうちに、いつの間《ま》にか、みんなとはぐれてしまった。

「おい、あそこに山小屋《やまごや》があるぞ。行《い》ってみないか」

相原《あいはら》に言《い》われて何《なん》となく山小屋《やまごや》に入《はい》ってみると、中《なか》は荒《あ》れ果《は》てていて、もう何年《なんねん》も人《ひと》が入《はい》っていないように見《み》えた。

「この山小屋《やまごや》は変《へん》だな。それに、なんでこんなところに山小屋《やまごや》を建《た》てたんだろう」

英治《えいじ》は不思議《ふしぎ》に思《おも》った。

「たしかにおかしい。なんだか気味《きみ》が悪《わる》いから出《で》よう」

相原《あいはら》も英治《えいじ》と同《おな》じことを感《かん》じたのかもしれない。

外《そと》に出《で》てしばらく歩《ある》いていると、木《こ》かげからシャレた建物《たてもの》が見《み》えた。近《ちか》づいてみると、それは学校《がっこう》のようで、校庭《こうてい》で子《こ》どもが数人《すうにん》遊《あそ》んでいた。

「こんな山奥《やまおく》に学校《がっこう》があるなんて、変《へん》じゃないか」

英治《えいじ》は目《め》をこすってみた。それは、小《こ》ぢんまりとはしているが、都会《とかい》にあるような、新《あたら》しく建《た》てられた近代的《きんだいてき》な学校《がっこう》であった。

「行《い》ってみよう」

相原《あいはら》に言《い》われて、英治《えいじ》は少《すこ》しばかり不安《ふあん》に思《おも》ったが、学校《がっこう》まで行《い》ってみることにした。

校庭《こうてい》では、小学生《しょうがくせい》五、六人《にん》が、笑《わら》いながら何《なに》かをして遊《あそ》んでいた。

しばらく見《み》ていると、それがあまりに楽《たの》しそうだったので、子《こ》どもたちのところに行《い》ってみようということになった。

「こんにちは。きみたちはここの学校《がっこう》の生徒《せいと》かい？」

英治《えいじ》がきくと、

「うん、そうだよ」

女《おんな》の子《こ》が答《こた》えた。

「そうか。ずいぶん楽《たの》しそうだね。生徒《せいと》はほかにもいるの？」

「ううん、ここにいるだけよ。全部《ぜんぶ》で六人《にん》」

「六人《にん》だけじゃ、さびしくない？」

「そんなことないわ。おもしろいものがいっぱいあるから」

「どんなおもしろいものがあるの？」

「校舎《こうしゃ》に入《はい》ってみればわかるよ。行《い》ってみて」

子《こ》どもたちに言《い》われて、二人《ふたり》は校舎《こうしゃ》の中《なか》に入《はい》ってみた。

ガランとした校舎《こうしゃ》は不気味《ぶきみ》であった。しばらく廊下《ろうか》を歩《ある》いていくと、教室《きょうしつ》の中《なか》から笑《わら》い声《ごえ》が聞《き》こえた。

英治《えいじ》が戸《と》を開《あ》けてのぞいてみると、中《なか》にはだれもいなかったが、机《つくえ》の上《うえ》にはパソコンのような機械《きかい》が何台《なんだい》も並《なら》んでいた。

訳《わけ》がわからず、教室《きょうしつ》の中《なか》を見《み》まわしていると、

「何《なに》かおかしい？」

校庭《こうてい》で見《み》かけた女《おんな》の子《こ》がやってきて言《い》った。

「パソコンなんて、だれがやるんだ？」

「これはパソコンじゃないわ。コンピューターよ」

「きみたちがコンピューターの勉強《べんきょう》をするの？」

英治《えいじ》が驚《おどろ》いてきくと、

「そんなのあたりまえよ。あなたたち何年生《なんねんせい》？」

逆《ぎゃく》に質問《しつもん》されてしまった。

「中二《ちゅう》だよ」

「見《み》たところ、数学《すうがく》は得意《とくい》じゃなさそうだから歴史《れきし》の問題《もんだい》を出《だ》すわよ。ペリーが日本《にほん》に来《き》たのは何年《なんねん》？

西暦《せいれき》で答《こた》えて」

「江戸時代《えどじだい》の終《お》わりだから……、何年《なんねん》だったかな？」

「1853年《ねん》7月《がつ》8日《か》。そんなことも知《し》らないの？」

女《おんな》の子《こ》は軽蔑《けいべつ》したように言《い》った。

「そんなこと知《し》ってるくらいで、いばるなよ」

英治《えいじ》が、バツが悪《わる》そうにしていると、

「それじゃ、ジャンケンをやろう」

女《おんな》の子《こ》がジャンケンを挑《いど》んできた。

「ジャンケンなら負《ま》けないぞ」

英治《えいじ》は受《う》けてたったが、ことごとく負《ま》けてしまった。

「お兄《にい》さん、弱《よわ》いねー」

「なんでそんなに強《つよ》いんだ？」

「じゃあ、どうしてお兄《にい》さんは負《ま》けてばっかりなのか、わかる？」

「そんなことわからないよ」

「ジャンケンには法則《ほうそく》があるのよ。知《し》りたい？」

「そんなこと知《し》りたくない」

英治《えいじ》はくやしくて、ついつっぱってしまった。

「ならいいわ。それより、この学校《がっこう》の理科室《りかしつ》にすごくおもしろいものがあるんだ。行《い》ってきなよ」

女《おんな》の子《こ》に教《おし》えてもらった通《とお》りに理科室《りかしつ》に行《い》くと、中《なか》から話《はな》し声《ごえ》が聞《き》こえてきた。

「だれかいますか？」

英治《えいじ》が話《はな》しかけると、声《こえ》はぴたりと止《や》んでしまった。

「おかしいな」

英治《えいじ》は相原《あいはら》と顔《かお》を見合《みあ》わせた。

それから二人《ふたり》は理科室《りかしつ》に入《はい》ってみたが、中《なか》には

だれもいなかった。

「おい、もう出《で》よう」

相原《あいはら》がドアを開《あ》けようとすると、なぜかカギが閉《し》まっていて、開《あ》かなかった。

『閉《と》じこめられたな』

突然《とつぜん》、壁《かべ》からうす気味悪《きみわる》い声《こえ》がした。

「いったい、だれがこんなことやったんだ？」

二人《ふたり》ともパニックになった。

すると棚《たな》にあった瓶《びん》が落《お》ちて割《わ》れ、すぐに教室《きょうしつ》じゅうに異様《いよう》なにおいが立《た》ちこめてきた。

教室《きょうしつ》を見回《みまわ》しても、どこにも窓《まど》はない。

なんだか頭《あたま》がくらくらしてきた。

「おれたち、殺《ころ》されるぞ」

英治《えいじ》が思《おも》わず悲鳴《ひめい》を上《あ》げたとき、ドアが開《あ》いて、さっきの女《おんな》の子《こ》があらわれた。

「早《はや》く出《で》なさい」

女《おんな》の子《こ》の声《こえ》を聞《き》いて、二人《ふたり》は転《ころ》げるように教室《きょうしつ》を出《で》た。

「きっと、あいつらのいたずらだ」

「こんなのいたずらじゃない。人殺《ひとごろ》しじゃないか」

相原《あいはら》に続《つづ》いて、英治《えいじ》も校舎《こうしゃ》の外《そと》に駆《か》けだしたが、さっきの女《おんな》の子《こ》はもちろん、校庭《こうてい》で遊《あそ》んでいた子《こ》どもたちの姿《すがた》もすっかり消《き》えていた。

「あいつら、どこに行《い》ったんだ？」

あたりはいつの間《ま》にかうす暗《ぐら》くなっている。

「いつまでもこんなところにいたら、何《なに》が起《お》きるかわからないぞ」

英治《えいじ》は、一刻《いっこく》も早《はや》くこの場《ば》から逃《に》げたくなり、相原《あいはら》と駆《か》けだした。

二人《ふたり》が、ほかの四人《にん》を捜《さが》して歩《ある》きまわっていると、山道《やまみち》でようやく出会《であ》うことができた。

「どこに行《い》っていたんだ？　ずいぶん捜《さが》したぞ」

日比野《ひびの》が疲《つか》れはてた声《こえ》で言《い》った。

「山《やま》の中《なか》におかしな学校《がっこう》があったんだ」

英治《えいじ》は、今見《いまみ》た学校《がっこう》のことをみんなに話《はな》した。

「こんな山奥《やまおく》に学校《がっこう》なんてあるもんか」

日比野《ひびの》が言《い》うと、みんなが笑《わら》いだした。

「本当《ほんとう》だ。たしかにあった」

英治《えいじ》が言《い》うと、相原《あいはら》も相《あい》づちを打《う》った。

「二人《ふたり》とも狐《きつね》に化《ば》かされたんじゃないか」

天野《あまの》が言《い》った。

「校庭《こうてい》には子《こ》どもたちもいたんだ」

「じゃあ、その子《こ》どもたちはどこへ行《い》ったんだ？」

「それが、急《きゅう》にいなくなったんだ」

「ほら、やっぱりおかしいよ。二人《ふたり》そろって幻《まぼろし》でも見《み》たんだろ」

柿沼《かきぬま》が笑《わら》った。

「そんなことはない。あいつら、どう見《み》ても小学生《しょうがくせい》だったよな」

「ああ、間違《まちが》いない。ちょっと考《かんが》えられないような消《き》え方《かた》だった」

英治《えいじ》につづいて、相原《あいはら》が言《い》った。

「それなら、いまからみんなでそこに行《い》って確《たし》かめてみようぜ」

安永《やすなが》がみんなの顔《かお》を見《み》まわすと、日比野《ひびの》、天野《あまの》、柿沼《かきぬま》が大《おお》きくうなずいた。

「おれだって本当《ほんとう》ならそうしたいけど、日《ひ》も暮《く》れてきたし、今日《きょう》はやめよう」

相原《あいはら》が言《い》った。

「なんでだ？　おまえらしくないいな」

「おれたち、理科室《りかしつ》に閉《と》じこめられて殺《ころ》されそうになったんだ。いま戻《もど》るのは危険《きけん》だ」

「おれもそう思《おも》う」

英治《えいじ》も、相原《あいはら》に同調《どうちょう》した。

二人《ふたり》の表情《ひょうじょう》があまりに真剣《しんけん》なので、ほかの四人《にん》もそれ以上言《いじょうい》いだせなくなって、口数《くちかず》も少《すく》なく家路《いえじ》についた。

2

翌日《よくじつ》、英治《えいじ》が学校《がっこう》に行《い》くと、クラス中《じゅう》が大騒《おおさわ》ぎになっていた。

「あの山《やま》の中《なか》に学校《がっこう》があったって本当《ほんとう》？」

ひとみが、英治《えいじ》をつかまえて言《い》った。

「本当《ほんとう》だよ」

「そんなの、聞《き》いたことないわ」

「みんなとはぐれたからって、そんな話《はなし》をでっちあげるのはよくないぜ」

ひとみにつづいて、佐竹《さたけ》がかみついた。

「おれたちを驚《おどろ》かせようと思《おも》って言《い》ったんだろうけど、驚《おどろ》かすなら、もう少《すこ》しましなうそにしてもらいたいもんだぜ」

柿沼《かきぬま》が言《い》ったが、

「うそじゃない。おれたちの話《はな》したことは本当《ほんとう》だ。子《こ》どもたちだって遊《あそ》んでたんだ」

英治《えいじ》の言葉《ことば》は自信《じしん》に満《み》ちている。

「あのあたりには、人《ひと》が住《す》んでいないはずだ。だから、子《こ》どもなんているわけがない」

「だけど、実際《じっさい》に見《み》たんだ。それに見《み》たのは、おれだけじゃない。なあ、相原《あいはら》」

「ああ」

相原《あいはら》がうなずいた。

「でも、その子《こ》たち、消《き》えちゃったんでしょう？　どこまで信《しん》じろって言《い》うの？」

ひとみがきいた。

「全部《ぜんぶ》さ」

「それは無理《むり》よ」

それからクラス中《じゅう》が、ふたたび、「うそつきだ」「本当《ほんとう》だ」で、大騒《おおさわ》ぎになった。

「なんでこんなに騒《さわ》がしいんだ？」

教室《きょうしつ》に入《はい》ってきた担任《たんにん》が、相原《あいはら》にきいた。

相原《あいはら》が昨日《きのう》の体験《たいけん》を話《はな》すと、

「先生《せんせい》は、この話《はなし》をどう思《おも》いますか？」

ひとみが先生《せんせい》に質問《しつもん》した。

「相原《あいはら》がうそを言《い》ってるとは思《おも》えない」

「しかし、子《こ》どもたちがいなくなったっていうのは、どう説明《せつめい》するんですか？」

宇野《うの》がきいた。

先生《せんせい》は、しばらく考《かんが》えてから、

「きみらの中《なか》で、『遠野物語《とおのものがたり》』を読《よ》んだことがある者《もの》は手《て》を上《あ》げろ」

と、言《い》ったが、手《て》を上《あ》げる者《もの》はだれもいなかった。

「柳田国男《やなぎたくにお》という民俗学者《みんぞくがくしゃ》が、岩手県《いわてけん》の遠野地方《とおのちほう》に伝《つた》わる民話《みんわ》をいくつも聞《き》き書《が》きして本《ほん》にしたのが『遠野物語《とおのものがたり》』なのだが、その中《なか》に『まよいが』という話《はなし》がある。いまの相原《あいはら》の話《はなし》をきいて、ちょっとそれを思《おも》いだしたんだ」

「それは、どんな話《はなし》ですか？」

「こんな話《はなし》だ」


それは遠野《とおの》の小国《おぐに》というところの貧《まず》しい家《いえ》の妻《つま》が、ふきを採《と》りに川《かわ》に出《で》かけたときの体験談《たいけんだん》なのだが、妻《つま》は、なかなかいいふきが見《み》つからなかったので、山《やま》の奥《おく》へとどんどん登《のぼ》っていった。

ふと見《み》ると、立派《りっぱ》な黒《くろ》い門《もん》の家《いえ》があった。こんなところに家《いえ》があっただろうかと不思議《ふしぎ》に思《おも》いながらも、妻《つま》が門《もん》の中《なか》に入《はい》ってみると、大《おお》きな庭《にわ》に紅白《こうはく》の花《はな》が一面《いちめん》に咲《さ》いていて、にわとりも飼《か》われていた。

庭《にわ》の裏手《うらて》に回《まわ》ると、牛小屋《うしごや》や馬屋《うまや》があって、牛馬《ぎゅうば》が何頭《なんとう》もいたが、人《ひと》の姿《すがた》は見《み》えない。そこで、玄関《げんかん》から上《あ》がってみた。奥《おく》の座敷《ざしき》には火鉢《ひばち》があって鉄瓶《てつびん》に湯《ゆ》がわいていた。しかし、人《ひと》はいない。妻《つま》は、もしかしたら、ここは山男《やまおとこ》の家《いえ》ではないかと急《きゅう》に恐《おそ》ろしくなって、駆《か》けだして自宅《じたく》に戻《もど》った。

妻《つま》はこの体験《たいけん》を人《ひと》に話《はな》したけれど、信《しん》じてくれる者《もの》がいなかった。そんなある日《ひ》、川上《かわかみ》から赤《あか》いお椀《わん》が流《なが》れてきた。あまりに美《うつく》しかったので、それを拾《ひろ》いあげたが、食器《しょっき》として使《つか》うと家族《かぞく》にしかられると思《おも》い、お米《こめ》をすくう器《うつわ》にした。すると、家《いえ》のお米《こめ》がいつまでたっても減《へ》らなくなった。

そのことを不思議《ふしぎ》に思《おも》った主人《しゅじん》が、妻《つま》を問《と》いつめた。そこではじめて、妻《つま》は一部始終《いちぶしじゅう》を話《はな》した。

以来《いらい》、この家《いえ》には幸運《こううん》が続《つづ》き、夫婦《ふうふ》も裕福《ゆうふく》になった。

遠野《とおの》では、このような山中《さんちゅう》の不思議《ふしぎ》な家《いえ》のことをまよいがといい、訪《おとず》れた者《もの》には幸運《こううん》が舞《ま》いこむといわれている。

「おもしろいですね。本当《ほんとう》にあった話《はなし》なんですか?」

純子《じゅんこ》がきくと、

「本当《ほんとう》かうそか、それは、わからない」

先生《せんせい》が言《い》った。

「でも、菊地《きくち》くんたちの話《はなし》に似《に》ていますね」

「たしかに似《に》てるところはあるけど、これは民話《みんわ》だからな。いまの時代《じだい》に、そんな非科学的《ひかがくてき》な話《はなし》がある

とは思《おも》えないな」

中尾《なかお》が首《くび》をひねった。

「だけど、おれたちはたしかに見《み》たんだよ」

「民話《みんわ》ならいいけど、科学的《かがくてき》には考《かんが》えられない」

谷本《たにもと》も、中尾《なかお》と同《おな》じ意見《いけん》のようだ。

「そう言《い》うけど、世《よ》の中《なか》の現象《げんしょう》すべてを科学《かがく》で説明《せつめい》できるとは思《おも》えないぜ」

相原《あいはら》が言《い》うと、

「それじゃ、おれたちが学校《がっこう》で勉強《べんきょう》している科学《かがく》まで否定《ひてい》することになっちゃうじゃないか」

谷本《たにもと》が食《く》いさがった。

「先生《せんせい》、信《しん》じてください。ぼくらはたしかに見《み》たんです。実際《じっさい》、校舎《こうしゃ》の中《なか》にも入《はい》ったんだ」

英治《えいじ》が言《い》った。

「『遠野物語《とおのものがたり》』には、これに似《に》た話《はなし》がいくつもある。『おしらさま』とか、『ざしきわらし』などもそうだ。きみたちの話《はなし》も不思議《ふしぎ》だが、ないとは言《い》いきれない」

「だったら、みんなでもう一度《いちど》あそこへ行《い》ってみませんか？　先生《せんせい》もついてきてください」

相原《あいはら》が言《い》うと、先生《せんせい》も承知《しょうち》してくれた。

その次《つぎ》の日曜日《にちようび》、クラスのみんなで、あの学校《がっこう》のあったところまでハイキングすることになった。もちろん先生《せんせい》も同行《どうこう》した。

電車《でんしゃ》に一時間《じかん》ほど乗《の》って、降《お》りると、みんなはにぎやかにしゃべりながら、英治《えいじ》を先頭《せんとう》に山道《やまみち》を歩《ある》きだした。

「菊地《きくち》と相原《あいはら》が先頭《せんとう》で行《い》けよ」

みんなにそう言《い》われて、二人《ふたり》は記憶《きおく》を頼《たよ》りに山奥《やまおく》に分《わ》けいったが、目標《もくひょう》とした山小屋《やまごや》が見《み》つからない。

「道《みち》を間違《まちが》えたかな」

英治《えいじ》がつぶやいた。

「いや、この道《みち》でいいはずだ」

相原《あいはら》が答《こた》えた。しかし、二人《ふたり》が入《はい》った山小屋《やまごや》はどうしても見《み》つからない。うろうろしていると、

「山小屋《やまごや》はどこにあるんだよ」

「山小屋《やまごや》なんてなかったんじゃないか」

みんなが口々《くちぐち》に言《い》いだした。

「変《へん》だな」

英治《えいじ》は相原《あいはら》と顔《かお》を見合《みあ》わせた。

「どうして見《み》つからないんだ？」

佐竹《さたけ》が疑《うたが》わしげな顔《かお》で英治《えいじ》を見《み》た。

「たしかに、このあたりにあったんだが……」

「学校《がっこう》もないのか？」

「見当《みあ》たらない」

英治《えいじ》は心細《こころぼそ》くなって、相原《あいはら》を見《み》たが、相原《あいはら》も信《しん》じられないという顔《かお》をしている。

「二人《ふたり》が見《み》た学校《がっこう》が一週間《しゅうかん》でなくなっているなんて、『まよいが』の話《はなし》にそっくりね」

純子《じゅんこ》が言《い》うと、

「もともと学校《がっこう》なんてなかったのさ。これ以上捜《いじょうさが》してもむだだ。帰《かえ》ろうぜ」

佐竹《さたけ》が疲《つか》れた声《こえ》で言《い》った。それがきっかけになって、みんな口々《くちぐち》に帰《かえ》ろうと言《い》いだした。

「すまない。だけど、みんなをだまそうとか、驚《おどろ》かそうとかしたわけじゃない。あの日《ひ》、おれたちは本当《ほんとう》に見《み》たんだ。それだけは信《しん》じてくれ」

相原《あいはら》が言《い》うと、

「『まよいが』だと信《しん》じよう」

先生《せんせい》がみんなをなだめるように言《い》ったので、だれも、それ以上二人《いじょうふたり》を責《せ》めることはしなくなった。

しかし、二人《ふたり》にとってはどうしても納得《なっとく》のいかない後味《あとあじ》の悪《わる》い体験《たいけん》になった。

3

それから一年後《ねんご》のこと。授業《じゅぎょう》が終《お》わると、谷本《たにもと》が英治《えいじ》のところにやってきて、

「去年《きょねん》の『まよいが』のこと、覚《おぼ》えてるか？」

と、突然《とつぜん》言《い》いだした。とたんに、あの山《やま》で見《み》た光景《こうけい》を思《おも》いだした。

「もちろん覚《おぼ》えてるさ。思《おも》いだすたびに針《はり》で突《つつ》かれたように胸《むね》が痛《いた》むよ。でも、なんで今《いま》ごろそんなことを言《い》いだすんだ？」

「あの時《とき》、おまえがした話《はなし》、うそじゃないかもしれないと思《おも》ってさ」

「どういうことだ？」

英治《えいじ》は、谷本《たにもと》の目《め》をじっと見《み》た。

「おまえたちが見《み》た学校《がっこう》は、バーチャルリアリティーだったんじゃないかって」

「バーチャルリアリティーって何《なん》だ？」

「VR《ブイアール》ともいうんだけど、日本語《にほんご》に訳《やく》すと仮想現実《かそうげんじつ》」

「仮想現実《かそうげんじつ》？」

「コンピューターが作《つく》りだす映像空間《えいぞうくうかん》の中《なか》で、いろんな体験《たいけん》をすることさ。『仮想《かそう》』という言葉《ことば》どおり、コンピューターが実際《じっさい》にはそこにないものを、あたかもあるように見《み》せるんだ」

「そんなことができるのか？」

「菊地《きくち》は、メガネをかけて遊《あそ》ぶゲームをやったことがあるか？」

「ああ」

「それと同《おな》じ原理《げんり》さ」

「でも、おれたちはあの時《とき》、そんな特別《とくべつ》なメガネなんかかけてなかったぜ」

英治《えいじ》は納得《なっとく》ができない。

「だけど、小屋《こや》には入《はい》ったんだろう？」

「入《はい》ったよ。そこにはだれもいなかったけど」

「たぶん、その小屋《こや》に仕《し》かけがあったんだ」

「小屋《こや》に？　すると、おれたちが見《み》たものは実際《じっさい》にはなかったってことか？」

「そうだ。おまえたちは、そこで仮想現実《かそうげんじつ》を見《み》たんだ」

谷本《たにもと》はそう言《い》うが、英治《えいじ》はすべてが理解《りかい》できたわけではなかった。

「だけど、おまえ、よくそんなに難《むずか》しいこと知《し》ってるな」

「おれ、三年生《ねんせい》になってからＡＩ《エーアイ》の勉強《べんきょう》を始《はじ》めたんだ。それでさ」

「ＡＩ《エーアイ》ってなんだ？」

英治《えいじ》が、根本的《こんぽんてき》なことをきいた。

「人工知能《じんこうちのう》だ」

「人工知能《じんこうちのう》ならきいたことがあるけど……。でもどこで、そんな勉強《べんきょう》をしてるんだ？」

「K大学《ケイだいがく》に笹本研究室《ささもとけんきゅうしつ》というのがあるんだけど、そこが中学生《ちゅうがくせい》を対象《たいしょう》にしたAI《エーアイ》の特別講座《とくべつこうざ》を開《ひら》いてるんだ。難《むずか》しいことでもわかりやすく教《おし》えてくれるから、全国《ぜんこく》から中学生《ちゅうがくせい》が集《あつ》まってきてるぜ」

「でも、そんなところによく入《はい》れたな」

「おれがAI《エーアイ》に関心《かんしん》があることを知《し》って、勧誘《かんゆう》してくれたんだ」

谷本《たにもと》ならそういうことがあっても不思議《ふしぎ》ではない。

「そこでは、大学院生《だいがくいんせい》の野口《のぐち》っていう人《ひと》がおれたちの先生《せんせい》なんだ。この人《ひと》はまだ若《わか》いけど、日本《にほん》のAI《エーアイ》研究《けんきゅう》では、ちょっと知《し》られた存在《そんざい》なんだぜ」

「そんなにすごい人《ひと》に教《おそ》わってるのか」

英治《えいじ》が感心《かんしん》した。

「じつは、おまえたちの見《み》た学校《がっこう》は仮想現実《かそうげんじつ》だったんじゃないかって言《い》いだしたのは、野口《のぐち》さんなんだ」

「話《はな》したのか？」

「おれも、あのことはずっと引《ひ》っかかってたから、この間《あいだ》、相談《そうだん》してみたんだ。そしたら、その話《はなし》にすごく興味《きょうみ》を持《も》って、二人《ふたり》にぜひ会《あ》いたいと言《い》いだしたんだ。会《あ》ってみる気《き》はないか？」

「じゃ、その野口《のぐち》さんっていう人《ひと》は、おれたちが見《み》たのはうそじゃないと思《おも》ってくれてるんだな？」

「そうだ」

英治《えいじ》はそれをきいただけで、すぐにでも会《あ》いたいと思《おも》った。

「相原《あいはら》に話《はな》すけど、あいつもきっと行《い》くと言《い》うに決《き》まってる」

英治《えいじ》は自然《しぜん》と笑顔《えがお》になった。

4

それから数日後《すうじつご》、英治《えいじ》と相原《あいはら》は谷本《たにもと》につれられて、K大学《ケイだいがく》の笹本研究室《ささもとけんきゅうしつ》に出《で》かけた。

研究室《けんきゅうしつ》はそんなに広《ひろ》くはないが、中学生《ちゅうがくせい》らしい生徒《せいと》が、何人《なんにん》かパソコンに向《む》かっていた。

野口《のぐち》に会《あ》ってみると、なんだか素朴《そぼく》な雰囲気《ふんいき》で、谷本《たにもと》が言《い》うようなすごい人《ひと》には見《み》えなかったが、かえってそこに親近感《しんきんかん》を持《も》った。

「去年《きょねん》、きみたちが体験《たいけん》したことをくわしく話《はな》してくれないか?」

野口《のぐち》に言《い》われて、英治《えいじ》と相原《あいはら》は代《か》わる代《が》わる話《はなし》をした。

野口《のぐち》はそれを熱心《ねっしん》に聞《き》き終《お》えた後《あと》、

「やっぱり、それはVR《ブイアール》だ」

と、断定《だんてい》した。

「それでは、ぼくらが見《み》た子《こ》どもたちも、実際《じっさい》にはいなかったのですか?」

「いや、それは実際《じっさい》にいたはずだ」

「そうですか。小学生《しょうがくせい》にしては、ずいぶん頭《あたま》の良《よ》さそうな子《こ》たちでしたので、あれもVR《ブイアール》かと……」

「おそらく、いろんなところから優秀《ゆうしゅう》な子《こ》だけを集《あつ》めてきて、特殊《とくしゅ》な教育《きょういく》をしているんだろう」

「それって、もしかしてVR《ブイアール》のですか？」

谷本《たにもと》がきいた。

「VR《ブイアール》だけじゃなく、コンピューター全般《ぜんぱん》に関《かん》するものだろう」

「それには野口《のぐち》さんたちも関《かか》わってるんですか？」

「いや、おれたちは関係《かんけい》ない。むしろ、これには犯罪組織《はんざいそしき》がからんでいるような気《き》がするんだ」

野口《のぐち》は、あごに手《て》をあてながら言《い》った。

「犯罪組織《はんざいそしき》ですか？」

「うん。ちょっとしたうわさ話《ばなし》としてきいたことがあるんだ。優秀《ゆうしゅう》な子《こ》どもたちをプロのハッカーとして育《そだ》ててあげて、本人《ほんにん》に自覚《じかく》がないままに不正《ふせい》

行為《こうい》に手《て》を染《そ》めさせる、そんな国際的《こくさいてき》な犯罪組織《はんざいそしき》があるって」

「まさか」

谷本《たにもと》が思《おも》わず声《こえ》をもらした。

「ハッカーってよくききますけど、どういうことをする人《ひと》のことを言《い》うんですか？」

英治《えいじ》がきいた。

「もともとは、高《たか》いコンピューター技術《ぎじゅつ》を持《も》つ人《ひと》のことを言《い》っていたんだが、不正《ふせい》に他《ほか》のコンピューターに侵入《しんにゅう》して、公開《こうかい》されていない情報《じょうほう》を盗《ぬす》んだり、システムを改造《かいぞう》したりする人《ひと》のことをさすようにもなった」

「じゃ、あの子《こ》どもたちは……」

英治《えいじ》が言《い》いかけると、

「きみたち、コンピューター・ウイルスって知《し》ってるか？」

野口《のぐち》がきいた。

「知《し》ってます。つい最近《さいきん》、新聞《しんぶん》で、ウイルスを六千個《こ》作《つく》って書類送検《しょるいそうけん》された中学《ちゅうがく》三年生《ねんせい》の記事《きじ》を見《み》ました」

「あの記事《きじ》ならおれも読《よ》んだ。その中学生《ちゅうがくせい》は、中《ちゅう》一のころから自分《じぶん》のパソコンを使《つか》って、遠隔操作《えんかくそうさ》ウイルスを作《つく》りはじめたと自供《じきょう》しているそうだな。あるインターネットのサイトに、オンラインゲームを有《ゆう》利《り》に進《すす》める不正《ふせい》プログラムを装《よそお》った、ウイルスに感染《かんせん》するファイルをアップロードしていたらしい」

相原《あいはら》に続《つづ》いて、谷本《たにもと》が言《い》った。

「そのウイルスにパソコンが感染《かんせん》するとどうなるんだ？」

英治《えいじ》がきくと、

「オンライン状態《じょうたい》なら、離《はな》れた場所《ばしょ》からでも勝手《かって》にその感染《かんせん》したパソコンを操作《そうさ》できるようになる」

谷本《たにもと》が答《こた》えた。

「それはまずいだろ」

「このところ、コンピューターやインターネットにかかわるサイバー事件《じけん》が急増《きゅうぞう》してるそうですね」

相原《あいはら》が野口《のぐち》にきいた。

「コンピューターに重大《じゅうだい》な被害《ひがい》を与《あた》える特殊《とくしゅ》なサイバー攻撃《こうげき》では、十代《だい》の容疑者《ようぎしゃ》も目立《めだ》っているそうだ。この間《あいだ》、身代金要求型《みのしろきんようきゅうがた》ウイルス『ランサムウエア』を作成《さくせい》、保管《ほかん》した疑《うたが》いで逮捕《たいほ》されたのも、中学《ちゅうがく》三年《ねん》生《せい》の男子生徒《だんしせいと》だ」

野口《のぐち》が言《い》った。

「ランサムウエアって何《なん》ですか？」

「このウイルスに感染《かんせん》すると、パソコンが操作《そうさ》できなくなったり、ファイルが読《よ》めなくなったりする。もとの状態《じょうたい》に戻《もど》してほしければ金《かね》をはらえと、画面上《がめんじょう》で要求《ようきゅう》してくるんだ」

「そんなウイルスを中学生《ちゅうがくせい》が作《つく》るんですか」

これは英治《えいじ》にとっても驚《おどろ》きだった。

「AI《エーアイ》の発展《はってん》で世《よ》の中《なか》は便利《べんり》になるけど、その一方《いっぽう》で、それらの技術《ぎじゅつ》は戦争《せんそう》や犯罪《はんざい》に悪用《あくよう》されうる。だから、うちの研究室《けんきゅうしつ》では生徒《せいと》たちに技術教育《ぎじゅつきょういく》と同時《どうじ》にモラル教育《きょういく》も行《おこな》っているんだ」

「でも、どうして中学生《ちゅうがくせい》でコンピューター・ウイルスが作《つく》れるんですか？」

英治《えいじ》は納得《なっとく》がいかない。

「ウイルス作成《さくせい》の情報《じょうほう》や素材《そざい》はネット上《じょう》にあふれている。だから、興味《きょうみ》があれば中学生《ちゅうがくせい》でも簡単《かんたん》に作《つく》れてしまうんだ。海外《かいがい》サイトの中《なか》にはウイルスのくわしい作成方法《さくせいほうほう》や不正《ふせい》プログラムを作《つく》るためのツールを公開《こうかい》しているものもある」

「知《し》らなかった。ヤバイ世《よ》の中《なか》だな」

相原《あいはら》は谷本《たにもと》に言《い》った。

「日本《にほん》でもそのことに気《き》づいたのか、いくつかの高等専門学校《こうとうせんもんがっこう》で正義《せいぎ》のハッカー教育《きょういく》をはじめようとしているが、高等専門学校《こうとうせんもんがっこう》では遅《おそ》すぎるよ」

野口《のぐち》が言《い》った。

「そうですか。じゃ、おれたちだって、すぐにでも勉強《べんきょう》しなくちゃならないな」

相原《あいはら》に言《い》われて、英治《えいじ》もうなずいた。

「そういう時代《じだい》が来《く》ると予測《よそく》した笹本教授《ささもときょうじゅ》が、中学生《ちゅうがくせい》に早《はや》い段階《だんかい》でAI《エーアイ》のことを勉強《べんきょう》してもらいたいと思《おも》って、この教室《きょうしつ》を開設《かいせつ》したんだ。笹本教授《ささもときょうじゅ》は日本《にほん》のAI研究《エーアイけんきゅう》では有数《ゆうすう》の人《ひと》だけど、コンピューターは中学時代《ちゅうがくじだい》からはじめなくてはならない。そうしないと世界《せかい》に遅《おく》れるというのが持論《じろん》だ。おれは笹本教授《ささもときょうじゅ》の助手《じょしゅ》だよ」

野口《のぐち》が言《い》った。

「こんな教室《きょうしつ》があるなんてこと、知《し》りませんでした」

英治《えいじ》が恥《は》ずかしそうにうつむいた。

「知《し》らないのが当《あ》たり前《まえ》だ。この教室《きょうしつ》は教授《きょうじゅ》の私塾《しじゅく》みたいなものだから、公《おおやけ》にはしてないんだ」

「え？　ぼくは、てっきり大学《だいがく》がやってるんだと思《おも》ってました」

谷本《たにもと》が思《おも》わず口《くち》をはさんだ。

「どんなに重要性《じゅうようせい》を説《と》いたところで、そんなに簡単《かんたん》に予算《よさん》を出《だ》してくれる大学《だいがく》はないんだ。うちだっていっしょさ」

「そうだったんですか」

「しかし、きみたち二人《ふたり》の話《はなし》をきいて、どこかの組織《そしき》も、おれたちと同《おな》じようなことをやっているのが明《あき》らかになった」

「その組織《そしき》というのは、さっきの……」

相原《あいはら》が言《い》った。

「そう。やつらはハッカー攻撃《こうげき》をするプロ集団《しゅうだん》だ。それをさらに強固《きょうこ》なものにするために、子《こ》どもたちに英才教育《えいさいきょういく》を施《ほどこ》して、プロハッカーを次々《つぎつぎ》と養成《ようせい》しているんじゃないかと思《おも》う。笹本教授《ささもときょうじゅ》がこれを知《し》ったら、お怒《いか》りになるだろう」

英治《えいじ》がきいた。

「ハッカーからの攻撃《こうげき》を防《ふせ》ぐことはできるんですか?」

「そのためには、われわれもハッカー攻撃《こうげき》に対抗《たいこう》できるプロ集団《しゅうだん》を作《つく》らなければならない。中学生《ちゅうがくせい》を相《あい》手《て》に特別講座《とくべつこうざ》を開《ひら》いたのはそのためでもあるんだ」

「谷本《たにもと》、がんばれよ」

英治《えいじ》は谷本《たにもと》の肩《かた》をたたいた。

「何《なに》言《い》ってるんだ。おまえも勉強《べんきょう》しろ。さっき、相原《あいはら》が言《い》ってたじゃないか。中学生《ちゅうがくせい》なら遅《おそ》くはないんだ」

谷本《たにもと》に言《い》われてしまった。

「でも、ぼくたちが会《あ》ったあの子《こ》どもたちが、自《みず》らすすんでそんなところに行《い》ったなんて考《かんが》えられません」

相原《あいはら》がきっぱりと言《い》った。

「そうじゃない。おれは誘拐《ゆうかい》されたんじゃないかと思《おも》ってる」

「誘拐《ゆうかい》ですか？　彼女《かのじょ》にそんな様子《ようす》はまったくありませんでしたよ」

英治《えいじ》はありえないという顔《かお》をした。

「それは、過去《かこ》の記憶《きおく》を消《け》されたからだろう」

「そんなことができるんですか？」

「きみたちが例《れい》の学校《がっこう》に入《はい》ったとき、何《なに》かおかしなことがなかったか？」

「おかしなことですか？」

「そういえば、理科室《りかしつ》に閉《と》じこめられて……」

「そうだ。あっという間《ま》に変《へん》なにおいが立《た》ちこめてきて、気《き》を失《うしな》いそうになりました」

英治《えいじ》と相原《あいはら》が代《か》わる代《が》わる答《こた》えた。

「やっぱりそうか。そこには彼女《かのじょ》以外《いがい》に何人《なんにん》生徒《せいと》がいたんだ？」

野口《のぐち》がきいた。

「全部《ぜんぶ》で六人《にん》いましたが、みんな楽《たの》しそうでした」

「きっと、だれもが過去《かこ》の記憶《きおく》を消《け》されている。だから楽《たの》しそうだったんだ」

「そんなことまでして、小学生《しょうがくせい》をハッカーにしようとするなんて許《ゆる》せないな」

谷本《たにもと》が顔《かお》を真《ま》っ赤《か》にした。

「このままだと、彼《かれ》らもいずれは犯罪《はんざい》に手《て》を染《そ》めることになってしまうんでしょうか？」

相原《あいはら》が心配《しんぱい》そうにきいた。

「具体的《ぐたいてき》なことはわからないけど、おそらく現在《げんざい》の社会秩序《しゃかいちつじょ》を破壊《はかい》してしまうようなことはやらされるかもしれない」

「ハッカーって、そんな大変《たいへん》なことまでやれちゃうんですか？」

英治《えいじ》がきいた。

「現代社会《げんだいしゃかい》は、すべてコンピューターで動《うご》いているんだぞ。交通《こうつう》だって銀行《ぎんこう》だってコンピューターなしでは動《うご》かない。それがもし故障《こしょう》したらどんなことになるか、きみにもわかるだろう？」

「わかります」

「コンピューターシステムは通常厳重《つうじょうげんじゅう》に管理《かんり》されているから、簡単《かんたん》には侵入《しんにゅう》できない。それでもあの手《て》この手《て》を使《つか》って侵入《しんにゅう》して、社会秩序《しゃかいちつじょ》を乱《みだ》したり、機密情報《きみつじょうほう》を盗《ぬす》もうとしたりする犯罪組織《はんざいそしき》があるのもまた事実《じじつ》なんだ。だから、やつらはいくらでも天才《てんさい》ハッカーが必要《ひつよう》なんだ」

「そうか。それが子《こ》どもたちを誘拐《ゆうかい》する理由《りゆう》なんですね」

相原《あいはら》がうなずいた。

「こういうことは、ある程度予測《ていどよそく》できたから、さっき言《い》ったように、われわれもこの教室《きょうしつ》を立《た》ちあげたんだが、まだスタートしたばかりということもあって、人材《じんざい》が絶対的《ぜったいてき》に不足《ふそく》している。このままでは、やつらの思《おも》うつぼだ」

「一日《いちにち》も早《はや》く力《ちから》になれるようにがんばります」

谷本《たにもと》が気《き》を引《ひ》きしめた。

「それはそれで大事《だいじ》なことなんだけど、ぼくらが会《あ》ったあの子《こ》どもたちをなんとかして救《すく》いだすことはできないんでしょうか?」

相原《あいはら》が野口《のぐち》にきいた。

「簡単《かんたん》じゃないぞ。彼《かれ》らを教育《きょういく》しているのが、国際的《こくさいてき》な犯罪組織《はんざいそしき》だとすると、誘拐《ゆうかい》したのは外国人《がいこくじん》である可能性《かのうせい》が高《たか》い」

「警察《けいさつ》は気《き》づいていないんですか?」

「子《こ》どもを誘拐《ゆうかい》したとしたら、れっきとした犯罪《はんざい》だが、身代金《みのしろきん》の要求《ようきゅう》もないので逮捕《たいほ》の手《て》がかりがつかめないんだろう。これでは警察《けいさつ》は手出《てだ》しできない」

「そんなことがあっていいんですか?」

「いいわけはない」

野口《のぐち》が言《い》った。

5

「野口《のぐち》さんに会《あ》ってよかったろう?」

大学《だいがく》からの帰《かえ》り道《みち》で、谷本《たにもと》がきいた。

「そうだな。おれたちの話《はなし》を事実《じじつ》だと認《みと》めてもらえただけじゃなく、それにはとんでもない犯罪組織《はんざいそしき》がからんでいるかもしれないって言《い》うんだから」

「おれたちじゃ、考《かんが》えもつかないよな」

相原《あいはら》につづいて、英治《えいじ》が言《い》うと、

「おれも、あの誘拐《ゆうかい》の話《はなし》には驚《おどろ》いたよ」

谷本《たにもと》も深《ふか》くうなずいた。

「野口《のぐち》さんに、『遠野物語《とおのものがたり》』の『まよいが』のことをどう思《おも》うか、きいておけばよかったな。VR《ブイアール》がなかった時代《じだい》にどうしてあんなことが起《お》きたのかって」

英治《えいじ》が谷本《たにもと》に言《い》った。

「あれは民話《みんわ》だから、そっとしておこう。きっとそう答《こた》えたと思《おも》うよ。無理《むり》に科学《かがく》で解明《かいめい》することはない」

「そうか。現代《げんだい》は中学生《ちゅうがくせい》でもコンピューター・ウイルスをつくるんだもんな。時代《じだい》が違《ちが》いすぎるか」

「あれくらいのことは、やろうと思《おも》えばおれでもできる。しかし、おれは絶対《ぜったい》に犯罪行為《はんざいこうい》はしない」

谷本《たにもと》が言《い》った。

「谷本《たにもと》とおれとでは大分差《だいぶさ》がついたな」

「どこが？」

「頭《あたま》だよ」

英治《えいじ》が言《い》うと、谷本《たにもと》は笑《わら》いだした。

「いまのことでショックを受《う》けたのか？」

相原《あいはら》がきいた。

「そうだよ。もちろん犯罪行為《はんざいこうい》は絶対《ぜったい》にしちゃいけないんだけど、同《おな》じ中学生《ちゅうがくせい》で、そんなやつがいるなんて思《おも》いもしなかった。それなのに、谷本《たにもと》はいとも簡単《かんたん》にやろうと思《おも》えばできると言《い》った」

英治《えいじ》は肩《かた》を落《お》とした。

「おれもその逮捕《たいほ》された中学生《ちゅうがくせい》も、コンピューターに興味《きょうみ》があるからできるのさ。将棋《しょうぎ》が強《つよ》いやつやゲームのうまいやつと一緒《いっしょ》で、興味《きょうみ》があれば難《むずか》しいことでもできるようになる、それだけのことさ。頭《あたま》の問題《もんだい》とは違《ちが》う。コンプレックスを持《も》つことなんてない」

「おれもそう思《おも》う。菊地《きくち》のいたずらと同《おな》じさ。あれにはいつも感心《かんしん》している。おれにはとても思《おも》いつけないよ。だけど、おまえにコンプレックスは持《も》ってないぜ」

相原《あいはら》といると、いつもこれだ。だから友《とも》だちでいられるんだ。

「おれも、小《ちい》さいころから機械《きかい》のおもちゃを作《つく》るのが好《す》きだった。その延長線上《えんちょうせんじょう》にいるだけさ」

谷本《たにもと》が言《い》った。こいつもいいやつだ。

英治《えいじ》が笑顔《えがお》を取《と》りもどしたのを見計《みはか》らって、

「ところで、差《さ》し当《あ》たっておれたちは何《なに》をやるべきだ？」

と、相原《あいはら》がきいた。

「決《き》まっているだろう。子《こ》どもたちを組織《そしき》から奪《うば》いかえすんだ」

「菊地《きくち》のことだ。そう言《い》うと思《おも》っていた」

谷本《たにもと》が言《い》うと相原《あいはら》が、

「おれも菊地《きくち》と同《おな》じことを考《かんが》えていたんだ」

と言《い》った。

「問題《もんだい》は、警察《けいさつ》でも手《て》がかりをつかめていないような犯人《はんにん》をどうやって捜《さが》しだすかだ」

英治《えいじ》が切《き》りだした。

「あの小学校《しょうがっこう》にいたのは六人《にん》だったな？　それをリストアップする方法《ほうほう》はないか？」

「簡単《かんたん》だよ。矢場《やば》さんに頼《たの》めばいい」

「矢場《やば》さん？」

「矢場《やば》さんなら、しばらく行方不明《ゆくえふめい》になっている小学生《しょうがくせい》のデータを持《も》っているはずだ。その中《なか》から選《えら》びだせばいい」

「そうか。そんなことに気《き》づくなんて、菊地《きくち》って頭《あたま》いいな。おれにはとても思《おも》いつけなかったよ」

谷本《たにもと》が感心《かんしん》した。

「こういうことには頭《あたま》が働《はたら》くんだけど、そこから先《さき》がな……」

英治《えいじ》が頭《あたま》をかいた。

「野口《のぐち》さんの話《はなし》によると、子《こ》どもたちを誘拐《ゆうかい》した組織《そしき》にいるのは一人《ひとり》や二人《ふたり》じゃないぜ。まず、その子《こ》どもたちがどこにいるかだ」

相原《あいはら》が言《い》うと、

「おれは東京《とうきょう》だと思《おも》う」

英治《えいじ》がすぐさま答《こた》えた。

「どうしてそう思《おも》うんだ？」

「おれたちがVR《ブイアール》の学校《がっこう》を見《み》たのは、山奥《やまおく》でも東京都内《とうきょうとない》だったじゃないか」

「それだけじゃあ、説得力《せっとくりょく》に欠《か》けるな。谷本《たにもと》はどこだと思《おも》う？」

「おれも東京《とうきょう》だと思《おも》う」

「理由《りゆう》は？」

「優《すぐ》れたハッカーを養成《ようせい》しようと思《おも》ったら、教《おし》える側《がわ》に、相当高度《そうとうこうど》なAI《エーアイ》やコンピューターの知識《ちしき》が必《ひつ》要《よう》だ。日本《にほん》でいまそれができるとしたら、東京《とうきょう》にある、いくつかの限《かぎ》られた研究所《けんきゅうじょ》か、外国人《がいこくじん》の研究者《けんきゅうしゃ》を招《まね》くしかない。そう考《かんが》えると、東京以外《とうきょういがい》にはちょっと考《かんが》えられないんだ」

「東京《とうきょう》から、他《ほか》の場所《ばしょ》に連《つ》れだした可能性《かのうせい》は？」

「小学生《しょうがくせい》を養成《ようせい》するには時間《じかん》がかかる。拠点《きょてん》を移《うつ》してまでやることじゃないだろう」

「そうか。それなら、おれも二人《ふたり》の意見《いけん》に賛成《さんせい》だ。でも、東京《とうきょう》ってだけじゃ広《ひろ》すぎて捜《さが》しようがない。他《ほか》にヒントになりそうなものはないかな？」

相原《あいはら》がきいた。

「六人《にん》の小学生《しょうがくせい》が共同生活《きょうどうせいかつ》を送《おく》っていることはたしかだ。それに監視役《かんしやく》の大人《おとな》を加《くわ》えれば、最低十人以《さいていにんい》上《じょう》になる。この人数《にんずう》だと普通《ふつう》の家《いえ》ではせまい。大《おお》きな家《いえ》か、集合住宅《しゅうごうじゅうたく》だろう」

谷本《たにもと》が言《い》うと、

「学校《がっこう》か、寮《りょう》か、塾《じゅく》みたいなものも考《かんが》えられるな」

英治《えいじ》が想像《そうぞう》をふくらませた。

「塾《じゅく》はいいな。子《こ》どもが出入《でい》りしても付近《ふきん》の人目《ひとめ》につかない。仮《かり》に塾《じゅく》ということにしよう」

自分《じぶん》の家《いえ》が塾《じゅく》の相原《あいはら》が言《い》うと、説得力《せっとくりょく》があった。

「この捜索《そうさく》を進《すす》めていくには、人数《にんずう》が多《おお》い方《ほう》がいい。有季《ゆうき》が近々《ちかぢか》、探偵事務所《たんていじむしょ》を開《ひら》きたいと言《い》っているから、彼女《かのじょ》にも頼《たの》んでみないか。きっと手伝《てつだ》ってくれると思《おも》う」

英治《えいじ》が提案《ていあん》すると、

「彼女《かのじょ》はおれのところに数学《すうがく》の勉強《べんきょう》にきているんだけど、頭《あたま》も優秀《ゆうしゅう》で推理力《すいりりょく》もある。きっといいアイディアを出《だ》してくれるだろうから、スタッフに入《い》れることに賛成《さんせい》だ」

谷本《たにもと》が言《い》った。

「谷本《たにもと》が推薦《すいせん》するなら、有季《ゆうき》をスタッフに入《い》れよう」

相原《あいはら》も賛成《さんせい》したので、全員一致《ぜんいんいっち》で有季《ゆうき》を仲間《なかま》に入《い》れることにした。

「有季《ゆうき》といえば、忘《わす》れちゃいけないのがアッシーだ」

「そうだったな」

「有季《ゆうき》はアッシーを助手《じょしゅ》にして、アッシーの両親《りょうしん》

がやってるイタリア料理店《りょうりてん》『フィレンツェ』の一角《いっかく》で探偵事務所《たんていじむしょ》を立《た》ちあげる準備《じゅんび》をしているようだからな」

英治《えいじ》はやけにくわしい。

「よし、アッシーも仲間《なかま》にしよう」

相原《あいはら》が言《い》うと、

「この事件《じけん》は簡単《かんたん》には解決《かいけつ》できないだろうから、『フィレンツェ』をみんなの集《あつ》まる拠点《きょてん》にさせてもらわないか？」

英治《えいじ》がきいた。

「それはいいいな」

「じゃ、さっそく行《い》こう」

「なんだか胸《むね》がわくわくしてきたな」

谷本《たにもと》も興奮《こうふん》をかくせなかった。

二章《しょう》　作戦会議《さくせんかいぎ》

1

その翌日《よくじつ》、英治《えいじ》と相原《あいはら》は、授業《じゅぎょう》が終《お》わると『フィレンツェ』に出《で》かけた。

ドアを開《あ》けると、足田貢《あしだみつぐ》ことアッシーが待《ま》っていて、「いらっしゃい。有季《ゆうき》も来《き》てますよ」と言《い》った。

貢《みつぐ》の家《いえ》はイタリア料理店《りょうりてん》だが、その一角《いっかく》で前川有季《まえかわゆうき》が探偵事務所《たんていじむしょ》を開《ひら》こうとしている。

貢《みつぐ》が有季《ゆうき》と知《し》り合《あ》ったのは、小学校《しょうがっこう》五年《ねん》の三学期《がっき》である。

有季《ゆうき》はロンドンから帰《かえ》ってきたばかりで、クラスでも特異《とくい》な存在《そんざい》であった。

五歳《さい》のとき、父親《ちちおや》の都合《つごう》でロンドンに行《い》き、英国《えいこく》の小学校《しょうがっこう》に入《はい》っていた有季《ゆうき》は、もちろん英語《えいご》はぺらぺらだったが、勉強《べんきょう》の方《ほう》も、特《とく》にやっているようにはみえないのによくできた。

貢《みつぐ》は当初《とうしょ》、そんな有季《ゆうき》を何《なん》となく敬遠《けいえん》していたが、席《せき》が隣《となり》になったのをきっかけに、よく話《はな》すようになった。有季《ゆうき》は、わからないところを教《おし》えてあげたりしているうちに、貢《みつぐ》がクラスで最初《さいしょ》の友《とも》だちになった。

そんなある日《ひ》、クラスで事件《じけん》が起《お》きた。

クラスで一番《いちばん》お金持《かねも》ちだと言《い》われている森山亜紀《もりやまあき》が、いつも筆箱《ふでばこ》に入《い》れていたお気《き》に入《い》りのシャープペンシルがなくなったのだ。

彼女《かのじょ》の持《も》ち物《もの》はブランド品《ひん》ばかりだったが、そのシャープペンシルも、二万円《まんえん》はする高価《こうか》なもので、みんなもそれを知《し》っていた。

担任《たんにん》の先生《せんせい》はだれかが盗《ぬす》んだと断定《だんてい》した。

「盗《ぬす》んだ人《ひと》がこの中《なか》にいるはずよ。その人《ひと》は明日《あした》までに黙《だま》って私《わたし》の机《つくえ》に置《お》いておきなさい。盗《ぬす》んだことは悪《わる》いけど、今回《こんかい》に限《かぎ》って許《ゆる》してあげるから」

だが、次《つぎ》の日《ひ》になっても、先生《せんせい》の机《つくえ》にシャープペンシルは戻《もど》ってこなかった。

「それでは仕方《しかた》ない。犯人捜《はんにんさが》しをはじめます。みなさん、全部《ぜんぶ》の持《も》ち物《もの》を机《つくえ》の上《うえ》に出《だ》しなさい」

先生《せんせい》に言《い》われて、全員《ぜんいん》が自分《じぶん》の持《も》ち物《もの》を机《つくえ》の上《うえ》に出《だ》したが、亜紀《あき》のシャープペンシルはなかった。

「つぎは身体検査《しんたいけんさ》をします」

先生《せんせい》はそう言《い》うと、クラスの全員《ぜんいん》を机《つくえ》のわきに立《た》たせて、一人《ひとり》ひとり身体検査《しんたいけんさ》をした。しかし、それでも出《で》てこなかった。

「だれかが盗《ぬす》まなきゃなくなるわけがないの。この中《なか》にそこまで悪《わる》い人《ひと》がいるかと思《おも》うと、先生《せんせい》は悲《かな》しいわ。でもいい？　犯人《はんにん》はかならず見《み》つけますからね」

先生《せんせい》は派手《はで》に悲《かな》しんだ後《あと》、すごんでみせた。

「先生《せんせい》、きっとだれが犯人《はんにん》か、見当《けんとう》をつけてるわ」

有季《ゆうき》は貢《みつぐ》に小声《こごえ》でささやいた。

「ほんとか。だれなんだ？」

貢《みつぐ》がきいた。

「水谷《みずたに》くん」

「どうして水谷《みずたに》なんだ？」

「それはクラスで一番《いちばん》のワルだからよ」

たしかに水谷《みずたに》はみんなに悪《わる》ふざけをしたり、教室《きょうしつ》で騒《さわ》いで授業《じゅぎょう》の邪魔《じゃま》をしたりする。

「水谷《みずたに》はたしかにワルだけど、人《ひと》の物《もの》を盗《ぬす》んだりするかな」

「わたしもそう思《おも》うけど、先生《せんせい》が水谷《みずたに》くんを疑《うたが》っているのは間違《まちが》いないわ。今《いま》に見《み》ていなさい。先生《せんせい》は水谷《みずたに》くんを呼《よ》びだすから」

有季《ゆうき》はまるで予言者《よげんしゃ》みたいなことを言《い》う。

「有季《ゆうき》は水谷《みずたに》じゃないと言《い》うんだな？」

「そうよ」

「じゃ、だれが犯人《はんにん》だと思《おも》ってるんだ？」

「犯人《はんにん》はいない」

「ええっ、そんなことってあるのか？」

「シャープペンシルがなくなったって森山《もりやま》さんは言《い》ってるけど、じつは森山《もりやま》さんのところにあると思《おも》う」

「それじゃ、森山《もりやま》はなくなったと、うそをついているのか？」

「うそはついていない。思《おも》い違《ちが》いだと思《おも》う」

「思《おも》い違《ちが》いってどういうことだ？」

「わたしに心当《こころあ》たりがあるの。森山《もりやま》さんにきいてみるわ」

翌朝《よくあさ》、有季《ゆうき》がそのことを話《はな》すと、亜紀《あき》は先生《せんせい》が教室《きょうしつ》に入《はい》ってくるのと同時《どうじ》にイスから立《た》ちあがって、

「先生《せんせい》、なくなったシャープペンシルはわたしのところにありました。わたしの不注意《ふちゅうい》でした。ご迷惑《めいわく》かけてごめんなさい」

と、頭《あたま》を下《さ》げた。

「いったいどこにあったの？」

「自分《じぶん》のノートにはさんでありました」

「そう？　それならよかったわ。これから気《き》をつけなさい。みんなも迷惑《めいわく》するから」

「みなさん、ごめんなさい」

亜紀《あき》はみんなに向《む》かって深々《ふかぶか》と頭《あたま》を下《さ》げた。

「どうして森山《もりやま》だとわかったんだ？」

貢《みつぐ》は有季《ゆうき》にきいた。

「あなた、シャーロック・ホームズって知《し》ってる？」

「名前《なまえ》はきいたことあるよ。イギリスの探偵《たんてい》だろう？　けど、読《よ》んだことはない」

「わたしはロンドンにいたとき、シャーロック・ホームズを夢中《むちゅう》になって読《よ》んだわ。世界中《せかいじゅう》で有名《ゆうめい》な名《めい》探偵《たんてい》で、ロンドンに事務所《じむしょ》があったのよ」

「わかったけど、それがどうだって言《い》うんだ？」

「シャーロック・ホームズが言《い》ってるの。探偵《たんてい》にとって大切《たいせつ》なのは、観察力《かんさつりょく》と推理力《すいりりょく》だって。そのことを思《おも》いだしながら今回《こんかい》の事件《じけん》について考《かんが》えてみたら、彼女《かのじょ》はシャープペンシルを盗《ぬす》まれたんじゃなく、どこかに置《お》き忘《わす》れていたんじゃないかって思《おも》ったの」

「そうか。たしかにそれはありうる話《はなし》だ。でも、よくそんなことを思《おも》いついたな」

「ちょっと前《まえ》に、彼女《かのじょ》にノートを貸《か》したことがあるんだけど、返《かえ》してもらうときに、彼女《かのじょ》の鉛筆《えんぴつ》がはさまったままだったことを思《おも》いだしたの。こういう癖《くせ》のある人《ひと》なら、シャープペンシルでも同《おな》じようなことをしてるんじゃないかって。それで、彼女《かのじょ》にきいてみたのよ」

「有季《ゆうき》ってすごいな。おれにはとても考《かんが》えられない。感心《かんしん》するよ」

「だって、わたしの夢《ゆめ》はシャーロック・ホームズみたいな探偵事務所《たんていじむしょ》を作《つく》ることなんだよ。そのぐらいのことは推理《すいり》できなくちゃ」

有季《ゆうき》が笑顔《えがお》を見《み》せた。

「探偵事務所《たんていじむしょ》か。有季《ゆうき》なら、できそうな気《き》がする」

「本当《ほんとう》にそう思《おも》う？」

「思《おも》う」

「よかった。でも、わたしはすぐにでもやりたいの」

「すぐにでもって、おれたち、まだ小学生《しょうがくせい》だぜ」

「小学生《しょうがくせい》だからおもしろいんじゃない」

「それはそうかもしれないけど……。探偵事務所《たんていじむしょ》って場所《ばしょ》がいるんだろう？」

「机《つくえ》と電話《でんわ》があればできるわ。でも、そこがなかなか見《み》つからないのよ」

「そうか。机《つくえ》と電話《でんわ》があればいいなら、おれんちでやらないか。おれんちはレストランだから空《あ》いている机《つくえ》は店《みせ》にいくつもある」

「でも、そこはお客《きゃく》さんの入《はい》るところでしょう」

「父《とう》さんに頼《たの》めば、店《みせ》の隅《すみ》の机《つくえ》を貸《か》してくれるよ」

「そんなことできるの？」

「できる。うちの父《とう》さんはおれの言《い》うことなら何《なん》でも聞《き》いてくれるんだ」

「もしそれができたら、あなた、ワトソンになってくれる?」

「ワトソンってだれだ?」

「ホームズの友《とも》だちであり、助手《じょしゅ》よ。それでもいい?」

「ああ、かまわないよ」

「じゃあ、これからあなたのことはアッシーと呼《よ》ぶわ」

「アッシーか」

「だって、あなたの苗字《みょうじ》は足田《あしだ》でしょう。だからアッシーと呼《よ》んでもいいんじゃない?」

「そうだな。アッシーも悪《わる》くはないか」

家《いえ》に帰《かえ》ると、貢《みつぐ》はすぐに父親《ちちおや》にその話《はなし》をしたが、貢《みつぐ》の予想《よそう》に反《はん》して、父親《ちちおや》は難色《なんしょく》を示《しめ》した。

「どんな人間《にんげん》が依頼《いらい》してくるかもわからないんだぞ。危険《きけん》な目《め》にだって遭《あ》うかもしれない。そういうのは、せめて中学生《ちゅうがくせい》になってからにしなさい」

と、うやむやにされてしまった。

貢《みつぐ》がそのことを申《もう》し訳《わけ》なさそうに有季《ゆうき》に話《はな》すと、有季《ゆうき》は意外《いがい》にもすんなり了承《りょうしょう》してくれた。

六年生《ねんせい》になった有季《ゆうき》と貢《みつぐ》は、探偵事務所《たんていじむしょ》のことはいったん忘《わす》れて、ミステリー好《ず》きな仲間《なかま》五人《にん》とともに『ミステリー・サークル』というグループを結成《けっせい》した。

幽霊学校《ゆうれいがっこう》に仕立《した》て上《あ》げた廃校《はいこう》で、英治《えいじ》たちと一緒《いっしょ》に悪《わる》い大人《おとな》をこらしめたのはいい思《おも》い出《で》だ。（まだ読《よ》んでいない人《ひと》は『ぼくらの学校戦争《がっこうせんそう》』を読《よ》んでね）

中学《ちゅうがく》は、有季《ゆうき》が母親《ははおや》の出身校《しゅっしんこう》である中高一貫《ちゅうこういっかん》の蛍雪学園《けいせつがくえん》を受験《じゅけん》すると聞《き》き、貢《みつぐ》もそこを受《う》けると、二人《ふたり》とも運《うん》よく合格《ごうかく》。晴《は》れて、同《おな》じ学校《がっこう》に通《かよ》うことになった。

中学生《ちゅうがくせい》になった貢《みつぐ》は、父親《ちちおや》にもう一度《いちど》、探偵事務所《たんていじむしょ》のことをお願《ねが》いしてみた。すると、父親《ちちおや》はしぶしぶながら、二年生《ねんせい》になってから、という条件《じょうけん》つきで、店《みせ》の一角《いっかく》に事務所《じむしょ》の場所《ばしょ》を提供《ていきょう》すると約束《やくそく》してくれた。

二人《ふたり》とも、二年生《ねんせい》になるのが待《ま》ち遠《どお》しくて、来年《らいねん》になったら探偵事務所《たんていじむしょ》をやると、ついクラスメイトに話《はな》してしまうこともあった。

そんな折《おり》、同《おな》じクラスの久木由美《ひさきゆみ》から、

「わたしの妹《いもうと》の真美《まみ》が一年前《ねんまえ》から行方不明《ゆくえふめい》になっているんだけど、捜《さが》してくれない？」

という依頼《いらい》を受《う》けた。

「それ、誘拐《ゆうかい》じゃないの？」

有季《ゆうき》はきいた。

「もちろん最初《さいしょ》はそう思《おも》って警察《けいさつ》に頼《たの》んで捜《さが》してもらったんだけど、手《て》がかりがないって言《い》うの」

「身代金《みのしろきん》の要求《ようきゅう》は？」

「それもないから、殺《ころ》されたんじゃないかって、無責任《むせきにん》なことを言《い》うのよ。わたしは、きっとどこかにいると信《しん》じているんだけど……」

「そう。じゃ、やってみるわ」

探偵事務所《たんていじむしょ》の初仕事《はつしごと》としては、かなりやりがいのある仕事《しごと》だと思《おも》ったので、貢《みつぐ》と当《あ》たりをつけて捜《さが》してみたのだが、手《て》がかりすらつかめないというのが現状《げんじょう》だった。

2

「どうだ、探偵事務所《たんていじむしょ》の準備《じゅんび》は進《すす》んでるのか？」

英治《えいじ》は貢《みつぐ》にきいてみた。

「準備《じゅんび》といっても机《つくえ》だけですから、父《とう》さんがいいと言《い》えば、いつでも始《はじ》められるんですけど」

「マスターは二年《ねん》になってからって言《い》ってるんだろ？」

「ええ、そうです」

「じゃ、あともう少《すこ》しだな」

「はい。でも……」

貢《みつぐ》が言《い》いかけると、奥《おく》の方《ほう》から、

「菊地《きくち》さんですか？　今《いま》すでに取《と》りかかっている事件《じけん》があるんです」

と、有季《ゆうき》の声《こえ》がした。

「そうか。それはすごいな。じつはおれたちも、予行演習《よこうえんしゅう》にどうかと思《おも》って、仕事《しごと》を持《も》ってきたんだ。こっちのもやってくれないか？」

「ちゃんとした仕事《しごと》でなくちゃいやですよ」

「とびっきりちゃんとした仕事《しごと》だ」

「それなら引《ひ》きうけてもいいです」

「相変《あいか》わらず、つっぱっているな」

「そうなんです」

貢《みつぐ》がぼやいた。

「アッシー、それを言《い》っちゃダメって言《い》ったでしょう」

「いつもこの調子《ちょうし》なんです」

貢《みつぐ》が舌《した》を出《だ》した。

「いま取《と》りかかってるっていうのは、どんな事件《じけん》なんだ？」

どうせたいした事件《じけん》じゃないだろう。英治《えいじ》はそう思《おも》いながら有季《ゆうき》にきいた。

「行方不明《ゆくえふめい》になった女《おんな》の子《こ》を捜《さが》してほしいというんです」

その言葉《ことば》に、英治《えいじ》と相原《あいはら》は顔《かお》を見合《みあ》わせた。

「何歳《なんさい》くらいの女《おんな》の子《こ》だ？」

「わたしのクラスの久木由美《ひさきゆみ》って子《こ》の妹《いもうと》で、一つ下《した》だから小学校《しょうがっこう》六年生《ねんせい》です。名前《なまえ》は真美《まみ》っていうんですけど、学校《がっこう》の帰《かえ》り道《みち》に突然《とつぜん》いなくなっちゃったんですって」

「誘拐《ゆうかい》か？」

「それが五年生《ねんせい》のときにいなくなって、もう一年《ねん》になるんだそうです。警察《けいさつ》には殺《ころ》されてしまったかもしれないって言《い》われたみたいですけど、由美《ゆみ》は絶対《ぜったい》にどこかにいるから捜《さが》してって言《い》うんです」

「一年《ねん》は長《なが》いな。身代金《みのしろきん》の要求《ようきゅう》は？」

「まったくないそうです」

「久木《ひさき》さんの家《いえ》は金持《かねも》ちか？」

「いいえ、サラリーマン家庭《かてい》だから普通《ふつう》ですね。でも、さらわれた真美《まみ》ちゃんは、クラスでもダントツの秀才《しゅうさい》だったみたいです」

「すると、金《かね》が目的《もくてき》の誘拐《ゆうかい》ではないな」

「両親《りょうしん》は警察《けいさつ》の言葉《ことば》を信《しん》じて、殺《ころ》されたんじゃないかって体調《たいちょう》をくずすほどすごく心配《しんぱい》しています。だけど、わたしは由美《ゆみ》が言《い》うように、真美《まみ》ちゃんは生《い》きていると思《おも》います」

「その子《こ》の写真《しゃしん》あるか？」

「あります」

有季《ゆうき》が差《さ》しだした写真《しゃしん》を見《み》たとたん、英治《えいじ》はアッと声《こえ》を出《だ》した。

「知《し》ってるんですか？」

有季《ゆうき》がきいた。

「おれたちが会《あ》ったあの子《こ》じゃないか」

相原《あいはら》も写真《しゃしん》を見《み》て、息《いき》をのんだ。

英治《えいじ》は、山《やま》の中《なか》で見《み》た小学校《しょうがっこう》の話《はなし》を有季《ゆうき》にした。

「山《やま》の中《なか》の小学校《しょうがっこう》？　それじゃ別人《べつじん》です」

有季《ゆうき》は急《きゅう》に落胆《らくたん》した声《こえ》を出《だ》した。

「でもな、おれたちが見《み》たその小学校《しょうがっこう》は仮想現実《かそうげんじつ》、つまりバーチャルリアリティーだということがわかったんだ」

「バーチャルリアリティーならわたしも聞《き》いたことはありますけど、そんなことが実際《じっさい》にあるんですか？　信《しん》じられないわ」

有季《ゆうき》が首《くび》をふった。

「おれたちだって信《しん》じられなかった。しかし、それが実際《じっさい》にあるってことを知《し》ったんだ」

英治《えいじ》が野口《のぐち》から聞《き》いた話《はなし》を説明《せつめい》すると、

「そんな世界《せかい》があるんですね。とても興味《きょうみ》あります」

有季《ゆうき》は身《み》を乗《の》りだして聞《き》きいった。

「じつは、おれたちが有季《ゆうき》とアッシーに協力《きょうりょく》を頼《たの》みにきたのは、この小学校《しょうがっこう》のことなんだ。この小学校《しょうがっこう》にいる六人《にん》の子《こ》どもたちは、本人《ほんにん》たちが気《き》づかないうちにハッカーにされてしまうかもしれない。だから、何《なん》とかして救《すく》いださなくちゃならないんだ」

「六人《にん》？」

「ああ、みんな選《えら》ばれた優秀《ゆうしゅう》な子《こ》のようだ」

「それなら、その中《なか》の一人《ひとり》が、真美《まみ》ちゃんである可《か》能性《のうせい》は大《おお》いにありますね。まさか、この二つの事件《じけん》がつながってるなんて……」

有季《ゆうき》がつぶやいた。

「協力《きょうりょく》してくれるか？」

「もちろんです」

「となると、おれたちがやるべきことは誘拐《ゆうかい》された子《こ》たちを見《み》つけだすことだ」

「それについては、わたしたちも彼女《かのじょ》を救《すく》いだすためにいろいろ動《うご》いているんですけど、見当《けんとう》もつかなくて頭《あたま》を悩《なや》ましているんです」

「彼《かれ》らは東京《とうきょう》のどこかに拉致《らち》されていると思《おも》う」

「たしかに、わたしもそんなに遠《とお》くにはいないような気《き》がしてるんですが……。菊地《きくち》さんはなぜ東京《とうきょう》だと思《おも》ったんですか?」

「おれは直感《ちょっかん》みたいなものなんだけど、最近《さいきん》、AI《エーアイ》のことについて勉強《べんきょう》している谷本《たにもと》もそう言《い》うんだ。あいつ、そんなのは、東京《とうきょう》くらいじゃないとできないって」

「谷本《たにもと》さんが言《い》うなら、そうかもしれませんね。でも、それだけじゃ……」

「そのアジトを捜《さが》しだすために、ひとつ矢場《やば》さんに頼《たの》もうと思《おも》ってることがあるんだ」

英治《えいじ》が言《い》った。

「どうして矢場《やば》さんなんですか?」

「行方不明《ゆくえふめい》になっているのは真美《まみ》って子一人《こひとり》じゃない。他《ほか》に何人《なんにん》もいる。行方不明《ゆくえふめい》になっていれば、必《かなら》ずマスコミに情報《じょうほう》が入《はい》っているはずだ。その情報《じょうほう》を矢場《やば》さんに集《あつ》めてもらうんだ」

「わかりました。さっそく矢場《やば》さんに電話《でんわ》してみましょう」

有季《ゆうき》は受話器《じゅわき》を取《と》ると、矢場《やば》の短縮番号《たんしゅくばんごう》を押《お》して、英治《えいじ》に渡《わた》した。

英治《えいじ》が受話器《じゅわき》を耳《みみ》に当《あ》てる間《ま》もなく矢場《やば》の声《こえ》がした。

「菊地《きくち》です。矢場《やば》さん、お願《ねが》いがあるんだけど」

『またお願《ねが》いか』

矢場《やば》は、またかという声《こえ》を出《だ》した。

「ここ二、三年《ねん》の子《こ》どもの行方不明者《ゆくえふめいしゃ》の中《なか》で、まだ見《み》つかっていない子《こ》の名前《なまえ》を教《おし》えてくれませんか」

『わかっているだろうが、おれは忙《いそが》しいんだ』

矢場《やば》はいつものぶっきらぼうな声《こえ》で言《い》った。

「それは重々《じゅうじゅう》わかっています。しかし、これはスクープになること間違《まちが》いなしの大事件《だいじけん》です」

『大《おお》げさなことを言《い》って、すぐおれを巻《ま》きこもうとする。どういう事件《じけん》だ。内容《ないよう》を説明《せつめい》しろ』

スクープと言《い》えば、矢場《やば》は必《かなら》ず食《く》いついてくる。今回《こんかい》もその通《とお》りになった。

英治《えいじ》は矢場《やば》にこれまでのいきさつを説明《せつめい》した。

『犯人《はんにん》の見当《けんとう》はついているのか？』

「まったくわかりませんが、誘拐《ゆうかい》したのは一人《ひとり》や二人《ふたり》ではありません。身代金《みのしろきん》の要求《ようきゅう》をしていないのは別《べつ》に目的《もくてき》があるからです」

『別《べつ》の目的《もくてき》って何《なん》だ？』

「誘拐《ゆうかい》してきた子《こ》どもたちをハッカーにするんです」

『そんな連中《れんちゅう》がいるのか？』

「います。犯人《はんにん》は日本人《にほんじん》じゃない。国際的《こくさいてき》な巨大組織《きょだいそしき》だと思《おも》います」

『そんなガセネタにおれが飛《と》びつくと思《おも》うか？』

矢場《やば》の声《こえ》がしらけた。

「これはれっきとした人《ひと》が言《い》うんです。決《けっ》してガセネタではありません」

英治《えいじ》は、野口《のぐち》から聞《き》いた話《はなし》を説明《せつめい》した。

『それが本当《ほんとう》なら大事件《だいじけん》だ。そんなものに中学生《ちゅうがくせい》が立《た》ち向《む》かうのは無理《むり》だ。止《や》めとけ』

矢場《やば》があきれた声《こえ》を出《だ》した。

「そう言《い》われると思《おも》っていましたが、そうはいきません。これは国家《こっか》をまたぐ大犯罪《だいはんざい》です。テロや戦争《せんそう》などの重大《じゅうだい》な事態《じたい》に発展《はってん》する危険《きけん》もあります。矢場《やば》さんだって、こんな前代未聞《ぜんだいみもん》の事件《じけん》を見過《みす》ごしてしまっていいんですか？」

『そうかもしれんが、そんな事件《じけん》に片足《かたあし》を突《つ》っこんだら命《いのち》がいくつあっても足《た》らんぞ』

「へえ、じゃ、降《お》りるって言《い》うんですか。矢場《やば》さんらしくありませんね。いつからそんな弱腰《よわごし》になったんですか？」

英治《えいじ》が挑発《ちょうはつ》すると、

『おれをあまく見《み》るな。そういう事件《じけん》に関《かか》わるには、それなりの覚悟《かくご》が必要《ひつよう》だ。おれがおまえに言《い》いたかったのは、その覚悟《かくご》ができているのかということだ』

矢場《やば》が言《い》った。

「もちろん覚悟《かくご》はできています。だからぜひ協力《きょうりょく》してください。おねがいします。これには有季《ゆうき》の友《とも》だちも関《かか》わっているんです」

『そこまで言《い》うなら仕方《しかた》ないな』

矢場《やば》は面倒《めんどう》くさそうに電話《でんわ》を切《き》ったが、本心《ほんしん》ではやる気十分《きじゅうぶん》だということが英治《えいじ》にはわかっていた。

「これで、あとは矢場《やば》さん待《ま》ちだ」

英治《えいじ》は相原《あいはら》の顔《かお》を見《み》た。

「きっと食《く》いついてくる」

相原《あいはら》も英治《えいじ》と同《おな》じ考《かんが》えだ。

「国際的《こくさいてき》な巨大組織《きょだいそしき》だなんて大《おお》きく出《で》ましたね」

有季《ゆうき》があきれている。

「あながち大《おお》げさでもないぞ。この犯人《はんにん》は個人《こじん》ではないし、日本人《にほんじん》でもないと思《おも》う。日本人《にほんじん》はここまでやらない」

「おれもその意見《いけん》に賛成《さんせい》だ」

「相原《あいはら》さんまでそう言《い》うなら、矢場《やば》さんじゃないけど覚悟《かくご》が必要《ひつよう》ですね」

有季《ゆうき》も真剣《しんけん》な表情《ひょうじょう》になった。

「もちろんだ」

「こんな大事件《だいじけん》、探偵事務所《たんていじむしょ》の初仕事《はつしごと》にはもってこいじゃないか。やろう。気合《きあ》いが入《はい》ってきた！」

貢《みつぐ》も興奮《こうふん》している。

「アッシーに言《い》われなくたって、もう片足《かたあし》を突《つ》っこんでいるんだから、今《いま》さらやめるわけにはいかないでしょう。やるに決《き》まってるわよ」

「よし。さすが有季《ゆうき》だ」

英治《えいじ》はついはずんだ声《こえ》になった。

3

『矢場《やば》さんからメールがきました』

有季《ゆうき》から英治《えいじ》に電話《でんわ》があったのは、その翌朝《よくあさ》であった。

矢場《やば》さんにしてはずいぶん早《はや》く調《しら》べてくれたものだ。

「内容《ないよう》を教《おし》えてくれ」

『ここ三年《ねん》で、東京都《とうきょうと》で子《こ》どもが行方不明《ゆくえふめい》になって、見《み》つかっていない事件《じけん》が六件《けん》あります』

「そうか」

『矢場《やば》さんが夕方《ゆうがた》、『フィレンツェ』に来《く》るそうです。菊地《きくち》さんたちもどうですか？』

「もちろん行《い》くよ。授業《じゅぎょう》が終《お》わってからでいいか?」

『だいじょうぶです』

有季《ゆうき》はそう言《い》って電話《でんわ》を切《き》った。

朝一番《あさいちばん》に学校《がっこう》に出《で》かけた英治《えいじ》は、相原《あいはら》が登校《とうこう》すると、すぐにそのことを話《はな》した。

「六人《にん》か。どういう連中《れんちゅう》だ?」

「くわしいことは『フィレンツェ』で聞《き》くことになっている。そこに矢場《やば》さんも来《く》るそうだ」

「矢場《やば》さんが来《く》るってことは何《なに》かピンときたんだな。そうでなければ、わざわざ出向《でむ》いて来《く》るはずがない。そうなると、この事件《じけん》はおれたちだけじゃ無理《むり》だ。みんなを動員《どういん》しよう」

「乗《の》ってくるかな」

英治《えいじ》はちょっと不安《ふあん》になった。

「こんなにすごい事件《じけん》なんだ。みんな、飛《と》びついて来《く》るよ」

「そうだな」

英治《えいじ》もその気《き》になってきた。

それから間《ま》もなく、谷本《たにもと》がやってきたので、英治《えいじ》が席《せき》に呼《よ》んだ。

「都内《とない》で行方不明《ゆくえふめい》になっている子《こ》どもが六人《にん》いるらしい」

「六人《にん》? もうわかったのか?」

「有季《ゆうき》のところに、今朝《けさ》、矢場《やば》さんから連絡《れんらく》があったんだ」

「てことは、有季《ゆうき》たちも協力《きょうりょく》してくれることになったんだな？」

「もちろん。夕方《ゆうがた》、『フィレンツェ』に矢場《やば》さんも来《く》るんだ」

三人《にん》で盛《も》りあがって話《はな》していると、安永《やすなが》、日比野《ひびの》、柿沼《かきぬま》、ひとみ、純子《じゅんこ》、久美子《くみこ》たちが続々《ぞくぞく》と集《あつ》まってきた。

みんな、一年前《ねんまえ》のまよいがの話《はなし》を覚《おぼ》えていたようで、

「去年《きょねん》のあの出来事《できごと》が、そんな大事件《だいじけん》につながっていたなんて驚《おどろ》いちゃうね」

久美子《くみこ》が言《い》うと、

「あのときは、疑《うたが》っちゃってごめんね」

ひとみが、英治《えいじ》と相原《あいはら》に頭《あたま》を下《さ》げた。

「それはいいんだ。その代《か》わり、みんなも手伝《てつだ》ってくれるだろ？」

英治《えいじ》が呼《よ》びかけると、

「当然《とうぜん》よ。ねえ」

「子《こ》どもたちをほっておくわけにはいかねえよ」

ひとみにつづいて、安永《やすなが》が言《い》った。

ほかのみんなもすぐに賛成《さんせい》した。

その日《ひ》の夕方《ゆうがた》、『フィレンツェ』に出《で》かけたのは、英治《えいじ》、相原《あいはら》のほかに、谷本《たにもと》、柿沼《かきぬま》、安永《やすなが》、天野《あまの》、日比野《ひびの》、佐竹《さたけ》、宇野《うの》、中尾《なかお》、ひとみ、純子《じゅんこ》、久美子《くみこ》の十一人《にん》だった。

全員《ぜんいん》がいっせいに店《みせ》に入《はい》ると、貢《みつぐ》が目《め》を丸《まる》くした。

「みなさん、おそろいですね」

「まずはコーヒーを人数分《にんずうぶん》。後《あと》でパスタを出《だ》してくれ」

「かしこまりました」

英治《えいじ》に言《い》われて、貢《みつぐ》はさっそく厨房《ちゅうぼう》に入《はい》った。

「いらっしゃいませ。もうすぐ矢場《やば》さんもあらわれるはずです」

有季《ゆうき》が奥《おく》から顔《かお》を出《だ》して、みんなに挨拶《あいさつ》した。

「まず、行方不明《ゆくえふめい》になっている六人《にん》について教《おし》えてくれないか?」

英治《えいじ》が言《い》うと、有季《ゆうき》は一枚《まい》の紙《かみ》を見《み》せた。

「これがそうです」

「これ、みんなにコピーしてくれないか」

「全部《ぜんぶ》で十三枚《まい》ですね」

有季《ゆうき》は英治《えいじ》に言《い》われて、その紙《かみ》をコピーすると、全員《ぜんいん》に渡《わた》した。

そこには次《つぎ》のようなことが書《か》かれていた。

杉江良平《すぎえりょうへい》　小学《しょうがく》五年生《ねんせい》　世田谷区成城《せたがやくせいじょう》

松野靖之《まつのやすゆき》　小学《しょうがく》五年生《ねんせい》　大田区《おおたく》

吉岡卓《よしおかたく》　小学《しょうがく》五年生《ねんせい》　武蔵野市吉祥寺《むさしのしきちじょうじ》

秋吉裕弥《あきよしゆうや》　小学《しょうがく》五年生《ねんせい》　杉並区《すぎなみく》

久木真美《ひさきまみ》　小学《しょうがく》五年生《ねんせい》　中野区《なかのく》

水原《みずはら》こずえ　小学《しょうがく》五年生《ねんせい》　品川区《しながわく》

「この六人《にん》ですけど、全員《ぜんいん》が行方不明《ゆくえふめい》になった当時《とうじ》は小学《しょうがく》五年生《ねんせい》で、現在《げんざい》だと六年生《ねんせい》になっているそうです」

「男子《だんし》四人《にん》に女子《じょし》二人《ふたり》か。どの子《こ》も、学校《がっこう》では優秀《ゆうしゅう》なんだろう?」

「そう。とびっきりの優等生《ゆうとうせい》らしいです」

有季《ゆうき》の言葉《ことば》を聞《き》いて、全員《ぜんいん》が顔《かお》を見合《みあ》わせた。

「いなくなったのはどんなタイミングだ?」

「学校《がっこう》か塾《じゅく》の帰《かえ》りが多《おお》いようです。六人《にん》とも目撃者《もくげきしゃ》はいません」

貢《みつぐ》がみんなの前《まえ》にコーヒーとクッキーを運《はこ》んできた。

「ありがとう」

ひとみと純子《じゅんこ》が貢《みつぐ》にお礼《れい》を言《い》った。

「うちのコーヒーはうまいですよ」

貢《みつぐ》が言《い》ったとき、矢場《やば》が店《みせ》に入《はい》ってきた。

「いらっしゃい」

貢《みつぐ》の挨拶《あいさつ》に全員《ぜんいん》が声《こえ》をそろえて言《い》ったので、矢場《やば》はすっかりきげんがよくなった。

「これはこれは。こんなにいるなんて驚《おどろ》いたな」

「この事件《じけん》は、みんな気《き》になっているんです」

英治《えいじ》が言《い》った。

「行方不明《ゆくえふめい》や誘拐事件《ゆうかいじけん》はいくつもあったが、この六件《けん》ではどれも身代金要求《みのしろきんようきゅう》はない。これらが誘拐《ゆうかい》だった場合《ばあい》、殺人《さつじん》か、それとも別《べつ》の目的《もくてき》があったと警察《けいさつ》では見《み》ている」

「この六人《にん》はみんな成績優秀《せいせきゆうしゅう》です。誘拐《ゆうかい》ならそこに動機《どうき》があると思《おも》うんですが、その点《てん》について警察《けいさつ》は何《なに》か言《い》っていますか？」

「いや。その点《てん》についての警察《けいさつ》の見解《けんかい》はない」

「そこがピンボケだっていうんだよ」

谷本《たにもと》が言《い》うと、

「そうだ。警察《けいさつ》に任《まか》せておいたら間違《まちが》いなく迷宮《めいきゅう》入《い》りだ」

柿沼《かきぬま》が同調《どうちょう》した。

「じゃ、おれたちの出番《でばん》だ。どこから手《て》をつければいいですか？」

はやる安永《やすなが》が矢場《やば》の顔《かお》を見《み》て言《い》った。

「この子《こ》たちは幼稚園《ようちえん》みたいなところで集団生活《しゅうだんせいかつ》をしていると思《おも》うんだ」

「どうして逃《に》げださないの？」

ひとみがきいた。

「彼《かれ》らは監禁《かんきん》されているわけじゃなくて自由《じゆう》に生活《せいかつ》しているはずだ。だから、逃《に》げだそうなんて思《おも》わないんだよ」

「それにしたって、ずっとそんなところにいたら、おかしいと思《おも》うはずよ」

「これは野口《のぐち》さんから聞《き》いたんだけど、彼《かれ》らは過去《かこ》の記憶《きおく》を消《け》されてるかもしれない。だから、自分《じぶん》の家《いえ》も学校《がっこう》も思《おも》いだせないんだ」

英治《えいじ》が言《い》った。

「ひどい」

ひとみが眉《まゆ》をひそめた。

「アジトは都内《とない》のどこかにある。それは間違《まちが》いないと思《おも》うんだ」

相原《あいはら》が言《い》った。

「早《はや》く見《み》つけださないと、六人《にん》はとんでもないハッカーにされちゃうんじゃない？」

純子《じゅんこ》が言《い》った。

「そのとおりだ。そうなってからでは遅《おそ》い。だから、まずアジトを突《つ》きとめなくちゃならない」

「矢場《やば》さん、何《なに》かいい方法《ほうほう》はありませんか？」

英治《えいじ》が矢場《やば》にきいた。

「六人《にん》を合宿《がっしゅく》させるには、それなりに大《おお》きな家《いえ》が必要《ひつよう》だ」

「マンションは？」

「マンションは違《ちが》うな。他《ほか》の部屋《へや》の住人《じゅうにん》の目《め》につきやすい」

「だから、塾《じゅく》だって言《い》ったんだ」

相原《あいはら》が言《い》うと矢場《やば》が、「全員《ぜんいん》が同居《どうきょ》できるくらいの塾《じゅく》ならありだな」と言《い》った。

「六人《にん》を監視《かんし》するには最低《さいてい》三、四人《にん》は要《い》るわ。六人《にん》プラス三、四人《にん》。九から十人《にん》が生活《せいかつ》しているとなると、毎日《まいにち》の食料《しょくりょう》もかなりの量《りょう》になる。きっと近所《きんじょ》のスーパーに買《か》いだしに行《い》くはずよ。そうなると、スーパーを当《あ》たる手《て》もあるわね」

突然《とつぜん》、純子《じゅんこ》が乗《の》り気《き》になった。

「純子《じゅんこ》、スーパーは気《き》づかなった。いいこと思《おも》いついたね」

久美子《くみこ》がほめた。

「わたし、いつも買《か》いだしに行《い》ってるからさ」

「そうか。純子《じゅんこ》やったな」

英治《えいじ》に言《い》われて、純子《じゅんこ》は照《て》れた。

「取《と》りあえず、そこから当《あ》たってみるか。矢場《やば》さんどう思《おも》います?」

英治《えいじ》が矢場《やば》にきくと、

「食《く》い物《もの》に気《き》がついたのはいい考《かんが》えだ。スーパーを当《あ》たるのは大変《たいへん》だが、悪《わる》い手《て》ではない。やってみるか」

矢場《やば》が賛成《さんせい》したので、純子《じゅんこ》はさらに上機嫌《じょうきげん》になって、

「わたしもやるでしょう」

と、みんなにいばってみせた。

4

「東京《とうきょう》にスーパーマーケットはどれくらいあると思《おも》う？」

英治《えいじ》は相原《あいはら》にきいてみた。

「さあ、かなりあるだろう。千ではきかないかな」

「総合《そうごう》スーパーが122店《てん》、食品《しょくひん》スーパーは1063店《てん》、小型《こがた》の食品《しょくひん》スーパーが182店《てん》ある。さっき、インターネットで調《しら》べてみたんだ」

と、英治《えいじ》が言《い》った。

「そんなにあるのか。それじゃ、全店《ぜんてん》に当《あ》たるのはまず無理《むり》だな」

「だから、区《く》ごとに当《あ》たってみようと思《おも》うんだ。最初《さいしょ》は世田谷区《せたがやく》とか、都心《としん》から始《はじ》めよう。郊外《こうがい》は人《ひと》が少《すく》ない分《ぶん》だけ目立《めだ》つから、アジトは置《お》いてないと思《おも》う」

「店《みせ》に行《い》って、ただきいても教《おし》えてくれないと思《おも》うから、中学生《ちゅうがくせい》ですけど、社会科《しゃかいか》の調査《ちょうさ》に来《き》ましたとか言《い》って聞《き》きだしたらいいんじゃないか」

「社会科《しゃかいか》の調査《ちょうさ》はいいな。じゃ、その線《せん》でやろう」

相原《あいはら》はさすがにうまいことを考《かんが》える。英治《えいじ》は感心《かんしん》した。

それから、みんなで手分《てわ》けして調査《ちょうさ》を行《おこな》うことになった。調査《ちょうさ》と言《い》っても、学校《がっこう》の授業《じゅぎょう》が終《お》わってから始《はじ》めるので、世田谷区《せたがやく》を調《しら》べ終《お》えるのだけでも一週間《しゅうかん》かかった。

しかし、目《め》ぼしいスーパーは見《み》つからなかった。

「世田谷区《せたがやく》にアジトはないか。ありそうな気《き》がしたんだけど。よし。じゃあ、つぎは杉並区《すぎなみく》を当《あ》たろう。それがだめなら、新宿区《しんじゅくく》だ」

英治《えいじ》はちょっとがっかりしたが、ここで気落《きお》ちしてはならないと自分《じぶん》に言《い》い聞《き》かせた。

次《つぎ》の週《しゅう》はテスト週間《しゅうかん》なので調査《ちょうさ》は中止《ちゅうし》だ。

ひとみのテストの成績《せいせき》はまあまあだった。

純子《じゅんこ》にきいてみると、純子《じゅんこ》もまあまあだと言《い》った。同《おな》じまあまあと言《い》っても、純子《じゅんこ》とひとみでは基準《きじゅん》が違《ちが》うが、そんなことはどうでもよかった。

英治《えいじ》たちが杉並区《すぎなみく》を当《あ》たっている間《あいだ》、純子《じゅんこ》とひとみは新宿区《しんじゅくく》を回《まわ》ることになった。

中学生《ちゅうがくせい》の社会科《しゃかいか》の調査《ちょうさ》という体裁《ていさい》なので、二人《ふたり》とも制服《せいふく》を着《き》て出《で》かけた。

これまでに何軒《なんげん》も回《まわ》っているので、きき方《かた》もなれてきた。

店《みせ》に入《はい》ったら店長《てんちょう》を呼《よ》びだしてもらい、生徒証《せいとしょう》を見《み》せて、

「社会科《しゃかいか》の調査《ちょうさ》でスーパーマーケットを回《まわ》っています」

と切《き》りだして、いろいろときいていくのだが、これまでに断《ことわ》られたことはない。

まずは売《う》れ筋《すじ》の商品《しょうひん》をきき、次《つぎ》に客層《きゃくそう》をきく。そして、さりげなく近《ちか》くに学生寮《がくせいりょう》とか学校《がっこう》など大量《たいりょう》に買《か》うお客《きゃく》がいないかを質問《しつもん》すると、素直《すなお》に教《おし》えてくれる。

二人《ふたり》が三軒目《げんめ》に訪《おとず》れたスーパーは、さほど大《おお》きくはないが、品《しな》ぞろえが良《よ》く、お客《きゃく》の数《かず》も多《おお》かった。

「ずいぶん流行《はや》っていますね」

純子《じゅんこ》が話《はな》しかけると、若《わか》い店長《てんちょう》が、

「うちは大量《たいりょう》に買《か》ってくださるお客《きゃく》さんがいるから、よその店《みせ》より安《やす》く売《う》ることができるんだ」

と、自慢《じまん》そうに言《い》った。

「大量《たいりょう》にっていうと、近《ちか》くに学生寮《がくせいりょう》とか老人《ろうじん》ホームとかあるんですか？」

「老人《ろうじん》ホームはあまりないが、近《ちか》くに子《こ》どもの寮《りょう》がある。そこから毎日注文《まいにちちゅうもん》があるんだ。さっきも届《とど》けてきたばかりだ」

「子《こ》どもって、いくつくらいですか？」

純子《じゅんこ》は胸《むね》がどきどきしてきた。

「小学校《しょうがっこう》の高学年《こうがくねん》か中《ちゅう》一くらいじゃないかな。みんな頭《あたま》がよさそうだ」

「それは受験《じゅけん》のための寮《りょう》ですかね？」

ひとみがきいた。

「そうかもしれないけど、もう大分長《だいぶなが》くなるよ」

「家《いえ》の人《ひと》は来《こ》ないんですか？」

「大人《おとな》が来《き》た様子《ようす》はないな」

「さびしくないのかな？」

純子《じゅんこ》はひとみと顔《かお》を見合《みあ》わせた。

「いや。それがいつ行《い》っても、みんな楽《たの》しそうだ」

「え～、えらいね」

「わたしもそう思《おも》うよ」

「その寮《りょう》、このお店《みせ》から近《ちか》いんですか？」

「うん。すぐその先《さき》だ」

「そうですか。どうもありがとうございました」

店《みせ》を出《で》たひとみは英治《えいじ》のケータイに電話《でんわ》した。すぐに英治《えいじ》が出《で》て、「なにかあったのか？」と言《い》った。

「見《み》つけたわよ。アジトを」

「本当《ほんとう》か。場所《ばしょ》はどこだ？」

ひとみはスーパーの名前《なまえ》と住所《じゅうしょ》を知《し》らせた。

「よし、急《いそ》いで行《い》くからそこで待《ま》っててくれ」

興奮《こうふん》した声《こえ》で言《い》うとケータイを切《き》った。

「急《いそ》いで来《く》るって」

「じゃ、そこの公園《こうえん》で待《ま》っていよう」

純子《じゅんこ》はスーパーの目《め》の前《まえ》にある小《ちい》さな公園《こうえん》を指差《ゆびさ》した。

公園《こうえん》では、若《わか》い母親《ははおや》と子《こ》ども数人《すうにん》が遊《あそ》んでいた。

三十分《ぶん》ほど二人《ふたり》で雑談《ざつだん》していると、英治《えいじ》、相原《あいはら》、安永《やすなが》の三人《にん》があらわれた。

「お手柄《てがら》だな。あのスーパーできいたのか？」

相原《あいはら》と安永《やすなが》が二人《ふたり》をほめた。

「そう。小学校《しょうがっこう》の高学年《こうがくねん》から中一《ちゅう》くらいの子《こ》が何人《なんにん》も住《す》んでいるらしいわ」

「場所《ばしょ》はわかっているんだな？」

「わかっているわ。すぐそこらしい」

純子《じゅんこ》は立《た》ちあがると歩《ある》きだした。

四人《にん》がそのあとについて行《い》くと、数百《すうひゃく》メートルほど行《い》ったところに豪邸《ごうてい》が見《み》えた。大理石《だいりせき》の門《もん》があって鉄《てつ》の扉《とびら》が閉《し》まっている。門《もん》には内田荘《うちだそう》と書《か》かれた表札《ひょうさつ》がかけてある。扉《とびら》の奥《おく》には大《おお》きい庭《にわ》があるようだが、中《なか》の様子《ようす》は外《そと》からではみえない。

「ここよ」

純子《じゅんこ》が言《い》うと、

「ずいぶん古《ふる》そうだが、バカでかい屋敷《やしき》だな。ここなら十人《にん》くらい住《す》んでたってわかんないぜ」

安永《やすなが》があきれた声《こえ》を出《だ》した。

「とにかく今日《きょう》はこれで帰《かえ》ることにしよう。みんなでうろうろしていると怪《あや》しまれるからな。これからどうするかは、後《あと》でみんなで考《かんが》えよう」

相原《あいはら》の意見《いけん》に反対《はんたい》する者《もの》はいなかったので、五人《にん》は内田荘《うちだそう》を後《あと》にした。

「スーパーの店長《てんちょう》の話《はなし》によると、買《か》い物《もの》の量《りょう》からして、十人《にん》くらいは住《す》んでいるんじゃないかと言《い》ってたわ」

帰《かえ》り道《みち》で、純子《じゅんこ》が言《い》った。

「そうか。すると、あそこの屋敷《やしき》に子《こ》どもたちが監禁《かんきん》されている可能性《かのうせい》はあるな」

「近所《きんじょ》の人《ひと》にきいてみようか」

純子《じゅんこ》が言《い》ったが、隣《となり》も豪邸《ごうてい》なので、近所付《きんじょづ》き合《あ》いなんかしていなそうだ。

「近所《きんじょ》にきくより、スーパーできいた方《ほう》がいいんじゃないか?」

安永《やすなが》の言《い》うとおりだと英治《えいじ》も思《おも》った。

5

翌日《よくじつ》、英治《えいじ》たち十三人《にん》は授業《じゅぎょう》が終《お》わると、『フィレンツェ』に集《あつ》まった。時間《じかん》は午後《ごご》四時《じ》を過《す》ぎていた。

「今日《きょう》はうまいカルボナーラがいいな」

英治《えいじ》は貢《みつぐ》に注文《ちゅうもん》した。

「わかりました。まかせてください」

貢《みつぐ》は自信《じしん》ありげにうなずいた。

「では、そのお屋敷《やしき》をどうやって発見《はっけん》したか説明《せつめい》して」

久美子《くみこ》が言《い》った。

「じゃあ、説明《せつめい》するわ」

内田荘《うちだそう》を発見《はっけん》したいきさつを純子《じゅんこ》がくわしく話《はな》した。

「そこで見《み》つけたとは運《うん》がよかったな」

日比野《ひびの》が言《い》った。

「運《うん》だけでは見《み》つからないわよ」

ひとみが日比野《ひびの》をにらんだ。

「その通《とお》りだ。失言《しつげん》を訂正《ていせい》しろ」

相原《あいはら》に言《い》われて、日比野《ひびの》は、

「運《うん》と言《い》って、すみませんでした」

と、素直《すなお》に頭《あたま》を下《さ》げた。

「あの屋敷《やしき》に子《こ》どもたちがいるとして、どうやって救出《きゅうしゅつ》するかだが、だれかいい案《あん》はないか?」

英治《えいじ》はみんなの顔《かお》を見《み》たが、発言《はつげん》する者《もの》はいなかった。

「やあ、みんなそろっているな」

そこに矢場《やば》が入《はい》ってきて、英治《えいじ》の横《よこ》に座《すわ》るなり、

「見《み》つけたのはひとみと純子《じゅんこ》だって? 大《たい》したものだ。おれは正直《しょうじき》、見《み》つけるのは無理《むり》だと思《おも》っていたよ」

と言《い》って、二人《ふたり》を手放《てばな》しでほめた。

「たまたまあのスーパーに入《はい》っただけで、運《うん》がよかったんです」

ひとみが言《い》うと、

「運《うん》じゃないと言《い》ったくせに」

日比野《ひびの》が小《ちい》さい声《こえ》でつぶやいた。

「問題《もんだい》はどうやって子《こ》どもたちを救《すく》いだすかです」

英治《えいじ》が言《い》うと、矢場《やば》が、

「警察《けいさつ》に頼《たの》むわけにはいかないしな」

と、相原《あいはら》の顔《かお》を見《み》た。

「おれがあのスーパーのアルバイトになって食料品《しょくりょうひん》を届《とど》けます。そうすれば、子《こ》どもたちのことも屋敷《やしき》の中《なか》の様子《ようす》もわかります」

安永《やすなが》が矢場《やば》に言《い》った。

「それはいいアイディアだけど、学校《がっこう》があるだろう」

「だいじょうぶです。一週間《しゅうかん》くらいなら休《やす》んでも」

安永《やすなが》が言《い》うと、久美子《くみこ》が、

「わたしが代《か》わりに授業《じゅぎょう》受けておいてあげる」

と言《い》った。

「よしそれで決《き》まった。矢場《やば》さん、おれとスーパーに行《い》って、一緒《いっしょ》に店長《てんちょう》に頼《たの》んでください」

「頼《たの》むのはいいけど、本当《ほんとう》にそれでいいのかな」

矢場《やば》はためらっている。

「おれがいいと言《い》っているんだからいいでしょう。菊地《きくち》も矢場《やば》さんに頼《たの》め。別《べつ》に危険《きけん》なことをするわけじゃない」

安永《やすなが》に言《い》われて、英治《えいじ》は矢場《やば》に、

「矢場《やば》さん、安永《やすなが》の頼《たの》みをきいてやってください」

と言《い》った。言《い》ってしまってから、これでよかったのかなとも思《おも》った。

「そうか。それでは安永《やすなが》に内部《ないぶ》のことを探《さぐ》ってもらうか」

「そうでもしないと、子《こ》どもの救出《きゅうしゅつ》は無理《むり》です」

「では、一週間《しゅうかん》だけアルバイトをやってくれるか」

矢場《やば》が安永《やすなが》に言《い》った。

「わかりました」

安永《やすなが》の手《て》を相原《あいはら》が固《かた》くにぎって、「頼《たの》む」と言《い》った。続《つづ》いて英治《えいじ》も、「頼《たの》む」と、安永《やすなが》の手《て》をにぎった。

「ちょっと危険《きけん》じゃない？」

ひとみは表情《ひょうじょう》をくもらせた。

「だいじょうぶ。おれはへまはやらないから」

「そうだ。安永《やすなが》ならうまくやる」

英治《えいじ》が言《い》った。

「それじゃあ、一週間後《しゅうかんご》、おれが屋敷《やしき》の内部《ないぶ》がどうなってるか報告《ほうこく》をするから、その後《あと》で、つぎの作戦《さくせん》を立《た》てよう」

安永《やすなが》が自信《じしん》のある声《こえ》で言《い》ったので、みんなの表情《ひょうじょう》がゆるんだ。

「ああ、腹《はら》が減《へ》った。カルボナーラはまだできないの？」

日比野《ひびの》がため息《いき》をついた。

「みなさん、カルボナーラができました」

貢《みつぐ》はそう言《い》うと、みんなの前《まえ》のテーブルにカルボナーラを運《はこ》んできた。

「お、うまそうだな」

日比野《ひびの》はだれよりも先《さき》に、フォークにパスタを巻《ま》きつけると一気《いっき》に口《くち》に放《ほう》りこんだ。

「うまい。これは絶品《ぜっぴん》だ」

みんなも日比野《ひびの》につられて、カルボナーラを口《くち》にした。

「アッシー、腕《うで》をあげたな。このパスタはプロ級《きゅう》だ」

「プロ級《きゅう》は当然《とうぜん》ですよ。ぼくはプロになるんだから」

貢《みつぐ》は日比野《ひびの》にほめられたくらいでは、うれしそうな顔《かお》をしない。

「安永《やすなが》が帰《かえ》ってきたら、次《つぎ》はおれが行《い》く」

突然《とつぜん》、佐竹《さたけ》が言《い》った。

「どうして？」

安永《やすなが》がきくと、

「安永《やすなが》が見《み》てきた屋敷《やしき》や子《こ》どもたちの情報《じょうほう》があれば、かなり具体的《ぐたいてき》な作戦《さくせん》が立《た》てられるだろう。その作《さく》戦《せん》を実行《じっこう》するには、内部《ないぶ》に入《はい》りこめる別《べつ》のやつが絶対《ぜったい》に必要《ひつよう》だと思《おも》うんだ」

「佐竹《さたけ》の言《い》うことは一理《いちり》ある。みんなどう思《おも》う？」

相原《あいはら》がみんなの顔《かお》を見《み》た。

「その案《あん》におれは賛成《さんせい》だ」

矢場《やば》の一言《ひとこと》で、まず安永《やすなが》が行《い》き、一週間《しゅうかん》したら帰《かえ》ってきて内部《ないぶ》の様子《ようす》をみんなに報告《ほうこく》する。それから佐竹《さたけ》と交代《こうたい》するという案《あん》に全員《ぜんいん》が賛成《さんせい》した。

「それではおれの報告《ほうこく》を待《ま》って作戦《さくせん》を立《た》てよう。それでいいな？」

安永《やすなが》はみんなに念《ねん》を押《お》した。

「そうしよう」

相原《あいはら》がうなずいた。

「安永《やすなが》、くれぐれも気《き》をつけろよ」

矢場《やば》が忠告《ちゅうこく》した。

「だいじょうぶです」

安永《やすなが》の表情《ひょうじょう》は自信《じしん》に満《み》ちていた。

三章《しょう》　救出《きゅうしゅつ》

1

「おれたちが戦《たたか》おうとしている敵《てき》はハンパじゃない。それは矢場《やば》さんの言《い》うとおりだと思《おも》う。そのためには敵《てき》のことを知《し》らなくてはならないが、今《いま》のところ相手《あいて》の規模《きぼ》も、何《なに》をする連中《れんちゅう》かもほとんどわかっていない。これじゃ、戦《たたか》っても勝《か》ち目《め》はない。そこで、せめてハッカーとは何《なに》かということを谷本《たにもと》から教《おし》えてもらおうと思《おも》う」

相原《あいはら》が突然《とつぜん》言《い》いだした。

「相原《あいはら》の言《い》うように、おれたちが戦《たたか》おうとしている相手《あいて》は、これまでに見《み》たこともないような怪物《かいぶつ》だ。しかし、それでも勝《か》つ方法《ほうほう》はあると思《おも》う。そのためには、コンピューターの『いろは』くらいは知《し》っておく必要《ひつよう》がある。おれも今勉強中《いまべんきょうちゅう》だけれど、『いろは』くらいは教《おし》えられると思《おも》う」

谷本《たにもと》が言《い》った。

「その『いろは』でいい。みんなに教《おし》えてくれ」

「わたしもコンピューターには興味《きょうみ》があるから、ぜひ教《おし》えてください」

英治《えいじ》につづいて、有季《ゆうき》が言《い》った。

「そうだな。では、安永《やすなが》が戻《もど》ってくるまでの一週間《しゅうかん》で基本的《きほんてき》なことを教《おし》えよう。コンピューターのことを全然《ぜんぜん》知《し》らないいんじゃ、やつらと戦《たたか》えないから」

「谷本《たにもと》の言《い》うとおりだ。おれも勉強《べんきょう》しよう」

日比野《ひびの》が柄《がら》にもないことを言《い》ったので、

「おまえが勉強《べんきょう》するって。本気《ほんき》か？」

みんな大笑《おおわら》いになった。

「よし、明日《あした》から授業《じゅぎょう》が終《お》わった後《あと》、三十分《ぷん》やることにしよう」

谷本《たにもと》が言《い》ったとおり、翌日《よくじつ》から、放課後《ほうかご》に三十分《ぷん》のコンピューター講義《こうぎ》がはじまった。

最初《さいしょ》は頭《あたま》がまったく受《う》けつけなかった英治《えいじ》だったが、一週間《しゅうかん》が終《お》わって安永《やすなが》が帰《かえ》ってくるころには、少《すこ》しずつコンピューターに興味《きょうみ》がわいてきた。

「安永《やすなが》、ご苦労《くろう》さま。帰《かえ》ってくるのを待《ま》ってたぜ」

相原《あいはら》につづいてみんなが、「ご苦労《くろう》さま」と言《い》った。

「どうだった？」

「いやあ。仕事《しごと》は大《たい》したことはなかった。これが屋敷《やしき》の見取《みと》り図《ず》とスマホで撮《と》った中《なか》の写真《しゃしん》だ」

安永《やすなが》は、みんなに手帳《てちょう》とスマホを見《み》せた。

「大《おお》きい屋敷《やしき》だな。これは個人《こじん》の家《いえ》というより寮《りょう》として造《つく》られたものじゃないか？」

相原《あいはら》が言《い》ったので、英治《えいじ》も手帳《てちょう》をのぞきこんだ。

「部屋《へや》が八つもあるぞ。これなら十人《にん》は余裕《よゆう》だな。和室《わしつ》が一《ひと》つもないところをみると、もしかしたら会《かい》社《しゃ》の寮《りょう》として外国人《がいこくじん》を住《す》まわせていたのかな？」

英治《えいじ》はそんな気《き》がした。

「言《い》われてみると、そうかもしれないな」

安永《やすなが》が言《い》った。

「子《こ》どもたちは何人《なんにん》いた？」

「六人《にん》だけど、みんな明《あか》るかった。暗《くら》い顔《かお》をしていたのは一人《ひとり》もいない。だれも誘拐《ゆうかい》されたなんてこれっぽっちも思《おも》ってないんじゃないか。それくらい自由《じゆう》に遊《あそ》んでいたよ」

「勉強《べんきょう》はどこでしてるんだ？」

「ここには泊《と》まっているだけで、授業《じゅぎょう》は別《べつ》のところでやってるようだ」

「そこにいる大人《おとな》は日本人《にほんじん》だったか？」

「日本人《にほんじん》と外国人《がいこくじん》が二人《ふたり》ずつだ。それに料理《りょうり》を作《つく》る女性《じょせい》が一人《ひとり》いたな」

「すると、子《こ》ども六人《にん》、大人《おとな》五人《にん》の計《けい》十一人《にん》がそこに住《す》んでいるんだな」

「ここにいる大人《おとな》たちは子《こ》どもたちを監視《かんし》しているだけで、勉強《べんきょう》は教《おし》えていないようだった」

「子《こ》どもたちは矢場《やば》さんのリスト通《どお》りだったか？」

「男子《だんし》四人《にん》に女子二人《じょしふたり》は、リスト通《どお》りだ。日本人《にほんじん》の女性《じょせい》が食事《しょくじ》を作《つく》っている間《あいだ》も、子《こ》どもたちは自由《じゆう》にキッチンに出入《でい》りしていた」

「外《そと》には連《つ》れださないのか？」

「小型《こがた》のバスがあったから、それでときどき外出《がいしゅつ》しているようだ。息抜《いきぬ》きのためにどこかへ行《い》くらしい」

「屋敷《やしき》の警戒《けいかい》はどうだ？」

柿沼《かきぬま》がきいた。

「四人《にん》が警備《けいび》してるんだろう。特別警備員《とくべつけいびいん》らしいのはいなかったから。子《こ》どもたちは放《ほう》っておいても逃《に》げだしたりはしないようだ。おれも何人《なんにん》かの子《こ》どもと話《はなし》をしたが、監視《かんし》はしていないようだったな」

「子《こ》どもたちはすっかり洗脳《せんのう》されてるんだな」

谷本《たにもと》が言《い》った。

「屋敷《やしき》に潜入《せんにゅう》することはできるか？」

相原《あいはら》がきいた。

「庭《にわ》のあちこちに監視《かんし》カメラがあったから、それは難《むずか》しいと思《おも》う」

安永《やすなが》が言《い》った。

「すると、子《こ》どもを救《すく》いだすとしたら、どこかへ出《で》かけたときを狙《ねら》うしかなさそうだな。しかし、六人《にん》全員《ぜんいん》は無理《むり》だな。一人《ひとり》ずつやるしかない」

「それだと一人《ひとり》はできるかもしれないが、二人目《ふたりめ》からは警戒《けいかい》されるから難《むずか》しいぞ」

英治《えいじ》が言《い》った。

「でも、救出《きゅうしゅつ》のチャンスは外出《がいしゅつ》のときしかないわ」

ひとみが言《い》った。

「そうなると、出《で》かける日時《にちじ》と行《い》き先《さき》を知《し》る必要《ひつよう》がある」

「相原《あいはら》の言《い》うとおりだ。それを知《し》る方法《ほうほう》はないか？」

天野《あまの》が安永《やすなが》にきくと、

「外出《がいしゅつ》する日《ひ》は、事前《じぜん》に食材《しょくざい》を仕入《しい》れる必要《ひつよう》がないから、キッチンにはってあるカレンダーにその日《ひ》がメモしてあるはずだ。料理《りょうり》を作《つく》っているおばさんにきけばいい。佐竹《さたけ》に頼《たの》もう」

と言《い》った。

「よし、それで外出日《がいしゅつび》はわかる。土曜《どよう》か日曜《にちよう》なら、おれたちも学校《がっこう》を休《やす》まなくてすむ。日時《にちじ》がわかったら矢場《やば》さんに頼《たの》んで車《くるま》を出《だ》してもらおう。よし、今《いま》から報告《ほうこく》も兼《か》ねて頼《たの》んでおこう」

英治《えいじ》はケータイで矢場《やば》に電話《でんわ》した。矢場《やば》がすぐに出《で》たので、安永《やすなが》からの話《はなし》を伝《つた》えながら、

「矢場《やば》さん、そのときは車《くるま》を出《だ》してよ」

と頼《たの》んだ。

「それはいいけど、おれの車《くるま》は七人《にん》までしか乗《の》れないから、行《い》くのは六人《にん》までだ」

矢場《やば》に言《い》われて、英治《えいじ》は、

「乗《の》れるのは六人《にん》だそうだ。だれにする？」

と、みんなの顔《かお》を見回《みまわ》した。

「わたし行《い》く」

久美子《くみこ》が真《ま》っ先《さき》に手《て》を挙《あ》げた。

「おれも連《つ》れてった方《ほう》がいいぜ。だれかがけがするかもしれないからな」

柿沼《かきぬま》が言《い》った。

「どうせ、おれは乗《の》れないんだろ」

日比野《ひびの》がぼやいた。

「そのときは電車《でんしゃ》で行《い》けばいいじゃないですか」

有季《ゆうき》が言《い》うと、

「その手《て》があるか。さすがに有季《ゆうき》は頭《あたま》の回転《かいてん》が速《はや》いな」

日比野《ひびの》はやけに感心《かんしん》した。

「わたしは探偵《たんてい》だということを忘《わす》れちゃ困《こま》ります」

有季《ゆうき》が言《い》った。

2

「子《こ》どもたちが外出《がいしゅつ》する日《ひ》がわかりました」

英治《えいじ》は矢場《やば》に報告《ほうこく》した。

「いつだ?」

「今月末《こんげつまつ》の日曜日《にちようび》、午前《ごぜん》八時《じ》にアジトを出発《しゅっぱつ》するようです。行《い》き先《さき》は高尾山《たかおさん》です」

「そうか、高尾山《たかおさん》で山登《やまのぼ》りする気《き》か。あそこなら子《こ》どもたちにはちょうどいいからな。車組《くるまぐみ》はだれになった?」

「ぼくと相原《あいはら》と安永《やすなが》、それに久美子《くみこ》、柿沼《かきぬま》、佐竹《さたけ》にタローです」

「わかった。向《む》こうが八時《じ》に出《で》るとすると、何時《なんじ》にきみらを迎《むか》えに行《い》けばいい?」

「そうですね。ぼくらは七時半《じはん》に相原《あいはら》の家《いえ》に集《あつ》まっていますから、そこにお願《ねが》いします」

英治《えいじ》が言《い》うと、

「日曜日《にちようび》の朝《あさ》七時半《じはん》か。すると七時《じ》には家《いえ》を出《で》なければならないな。ちょっと辛《つら》いけれど仕方《しかた》ない」

矢場《やば》の声《こえ》が暗《くら》くなった。すると、有季《ゆうき》が、

「七時半出発《じはんしゅっぱつ》では遅《おそ》すぎると思《おも》います。七時《じ》には相原《あいはら》さんの家《いえ》を出《で》なくちゃ。まだ、本人《ほんにん》には伝《つた》えてませんが、わたしとアッシーは真美《まみ》ちゃんのお姉《ねえ》さんの由美《ゆみ》を連《つ》れて電車《でんしゃ》で行《い》こうと思《おも》ってます。真美《まみ》ちゃんは過去《かこ》を忘《わす》れているかもしれませんが、由美《ゆみ》の顔《かお》を見《み》たら思《おも》いだすような気《き》がするんです」

と言《い》った。

「そうか。では、どこで待《ま》ち合《あ》わせる?」

英治《えいじ》がきいた。

「わたしは高尾山《たかおさん》には何度《なんど》も登《のぼ》ったことがありますが、初心者《しょしんしゃ》だと一号路《ごうろ》を登《のぼ》るんじゃないかと思《おも》います」

「一号路《ごうろ》の登《のぼ》り口《ぐち》はどこだ?」

「高尾山口《たかおさんぐち》です。ここは近《ちか》くに駐車場《ちゅうしゃじょう》もあるし、電車《でんしゃ》でも降《お》りてすぐです。向《む》こうもたぶん、ここだと思《おも》いますから、向《む》こうより早《はや》くここに着《つ》いて、やってくるのを待《ま》ちませんか。これが付近《ふきん》の略図《りゃくず》です」

有季《ゆうき》はみんなに略図《りゃくず》を見《み》せた。

「ここからだと頂上《ちょうじょう》までどのくらいある?」

「三・八キロあります。全《ぜん》コース歩《ある》けば一時間《じかん》四十分《ぷん》くらい。途中《とちゅう》にケーブルカーがありますから、それに乗《の》れば、かなり早《はや》く頂上《ちょうじょう》に着《つ》けます」

「ケーブルカーには乗《の》らないんじゃないか」

英治《えいじ》はそんな気《き》がした。

「わたしもそう思《おも》うわ」

ひとみも同《おな》じように思《おも》った。

「歩《ある》いて登《のぼ》ると、途中《とちゅう》に男坂《おとこざか》・女坂《おんなざか》があります。さらに行《い》くと薬王院《やくおういん》があります。このコースは日《にち》曜日《ようび》だとかなり混《こ》んでいます」

「混《こ》んでいたほうがいい。どこで連《つ》れもどすか、だいたい決《き》めておいたほうがいいな」

「それなら薬王院《やくおういん》がいいでしょう。あそこなら参《さん》拝客《ぱいきゃく》でごったがえしていますから、チャンスはあります」

「今回《こんかい》、救《すく》いだすのは一人《ひとり》にしよう」

英治《えいじ》は相原《あいはら》の顔《かお》を見《み》た。

「それなら、真美《まみ》ちゃんにしませんか。わたしと由美《ゆみ》がうまくやりますから」

有季《ゆうき》は二人《ふたり》に訴《うった》えた。

「方法《ほうほう》は考《かんが》えてあるのか？」

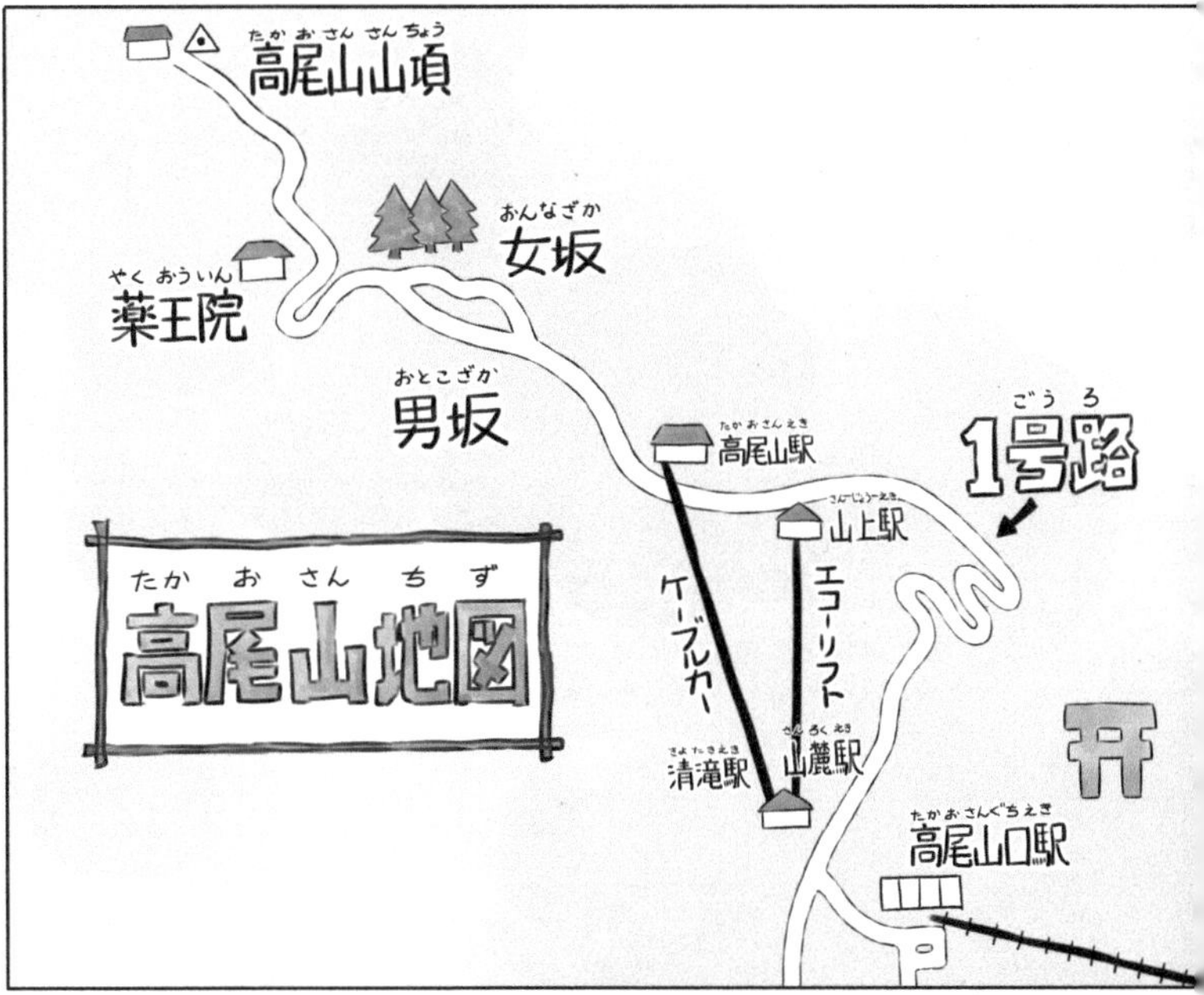

「もちろんです」

「それなら有季《ゆうき》に任《まか》せよう」

「やったあ。さっそく、由美《ゆみ》に連絡《れんらく》しようぜ」

貢《みつぐ》が有季《ゆうき》の背中《せなか》をたたいてよろこんだ。

有季《ゆうき》はケータイで由美《ゆみ》に連絡《れんらく》した。

「由美《ゆみ》、月末《げつまつ》の日曜日《にちようび》、体《からだ》を空《あ》けといて。真美《まみ》ちゃんを助《たす》けに高尾山《たかおさん》に行《い》くから」

『え？　高尾山《たかおさん》に真美《まみ》がいるの？　そんなことが、どうしてわかったの？』

「あらわれる確率《かくりつ》は90パーセント以上《いじょう》。だから朝早《あさはや》く三人《にん》で高尾山《たかおさん》に行《い》こう。くわしいことは会《あ》ったときに話《はな》すわ」

『本当《ほんとう》？　真美《まみ》に会《あ》えるなんて夢《ゆめ》みたい』

由美《ゆみ》は興奮《こうふん》で声《こえ》が震《ふる》えた。

「おれたちも有季《ゆうき》と一緒《いっしょ》に高尾山《たかおさん》に行《い》く。真美《まみ》を救《すく》いだしたら、後《あと》はおれたちにまかせておけ」

天野《あまの》が日比野《ひびの》を見《み》て言《い》うと、ひとみと純子《じゅんこ》も、

「わたしたちも行《い》く」

と、声《こえ》をそろえて言《い》った。

「総動員《そうどういん》だな。いいだろう。おれはその様子《ようす》をデジカメで録画《ろくが》する」

矢場《やば》が言《い》った。

「相手《あいて》にばれないようにお願《ねが》いしますよ」

英治《えいじ》が言《い》うと、

「おれはプロだということを忘《わす》れちゃ困《こま》る」

矢場《やば》がむっとした。

「これで真美《まみ》はうまくいくとして、残《のこ》りの五人《にん》をどうやって救《すく》いだすかだ」

相原《あいはら》が言《い》うと、

「今《いま》は、六人全員《にんぜんいん》を救出《きゅうしゅつ》することは考《かんが》えない方《ほう》がいい」

矢場《やば》が言《い》った。

「一人《ひとり》でも奪《うば》われたとなると、やつらは警戒《けいかい》して子《こ》どもを外《そと》に出《だ》さなくなるかもしれない。そうなると、つぎが難《むずか》しいぞ」

安永《やすなが》が英治《えいじ》の顔《かお》を見《み》た。

「とにかく高尾山《たかおさん》で騒《さわ》ぎを起《お》こして、あと一人《ひとり》でも二人《ふたり》でもいい、救《すく》いだすか？」

「そのためにはおれたちだけでは少《すく》ないんじゃないか。もっとたくさん人《ひと》を集《あつ》めなくちゃ」

柿沼《かきぬま》が言《い》った。

「それじゃ先生《せんせい》にも話《はな》して、クラスのみんなにもお願《ねが》いする？」

ひとみが言《い》った。

「そうしよう。それがいい。すると、先生《せんせい》に計画《けいかく》を話《はな》すか?」

「ハイキングに行《い》こうとだけ言《い》っておいて、計画《けいかく》は現場《げんば》で話《はな》す方《ほう》がいいんじゃないか?」

柿沼《かきぬま》が言《い》った。

「わたしもそれまでは秘密《ひみつ》にしておく方《ほう》がいいと思《おも》うわ」

久美子《くみこ》が言《い》った。

「それだけの人数《にんずう》がいれば、うまくいけば、三人《にん》くらい救出《きゅうしゅつ》できるかもしれないな」

楽観的《らっかんてき》な日比野《ひびの》はすぐその気《き》になって、にやにやした。

「日比野《ひびの》はそれまで黙《だま》っていられるのか?」

安永《やすなが》に言《い》われたが、

「もちろん」

と、日比野《ひびの》が言《い》った。

3

日曜日《にちようび》がやってきた。

その日《ひ》は朝《あさ》から快晴《かいせい》だった。

今朝《けさ》、子《こ》どもたちが高尾山《たかおさん》に出発《しゅっぱつ》することは間違《まちが》いないと、昨日《きのう》、アルバイトから戻《もど》ってきた佐竹《さたけ》から報告《ほうこく》を受《う》けていた英治《えいじ》は、ベッドから出《で》るなり、ひとみのケータイに電話《でんわ》した。

「おはよう。今日《きょう》はいい天気《てんき》だぞ」

「そんなことわかってます。その声《こえ》は今《いま》、起《お》きたばかりでしょう？　こっちはもう家《いえ》を出《で》るばかりよ」

「そうか。じゃ、高尾山《たかおさん》で会《あ》おう。会《あ》うのは高尾山口《たかおさんぐち》だ」

「それもわかってるわ」

「クラスの連中《れんちゅう》はやってくるんだろうな？」

「当《あ》たり前《まえ》でしょう。わたしは先生《せんせい》の分《ぶん》までお弁当《べんとう》をつくったんだから」

「じゃ、おれの分《ぶん》ももちろんあるんだろうな？」

英治《えいじ》が言《い》うと、突然《とつぜん》、ひとみが笑《わら》いだした。

「わたしはお弁当屋《べんとうや》ではありません。今《いま》すぐお布団《ふとん》から出《で》て、自分《じぶん》の分《ぶん》を作《つく》りなさい」

ひとみはそう言《い》うなりケータイを切《き》ってしまった。

英治《えいじ》の頭《あたま》は、ひとみにしかられたせいで、やっと冴《さ》えてきた。

七時少《じすこ》し前《まえ》に相原《あいはら》の家《いえ》に行《い》くと、佐竹《さたけ》はタローを連《つ》れてきていた。そこへ安永《やすなが》と柿沼《かきぬま》もやってきた。

続《つづ》いて久美子《くみこ》もあらわれた。

「よし、これで全員《ぜんいん》そろった。あとは矢場《やば》さん待《ま》ちだ」

相原《あいはら》が時計《とけい》を見《み》ると、ちょうど七時《じ》になるところだった。

「遅《おそ》いな」

英治《えいじ》が言《い》いかけたとき矢場《やば》が到着《とうちゃく》した。

「どうだ。正確《せいかく》だろう。おれは朝飯《あさめし》も食《く》わずに六時半《じはん》に家《いえ》を出《で》たんだぞ」

矢場《やば》はバッグからおにぎりを出《だ》して口《くち》にした。

みんなが車《くるま》に乗《の》りこむと、矢場《やば》はすぐに発進《はっしん》させた。

「日曜日《にちようび》の朝《あさ》だから道《みち》は空《す》いている。向《む》こうは何時《なんじ》に出発《しゅっぱつ》するんだ？」

「八時《じ》です」

佐竹《さたけ》が答《こた》えた。

「それならこちらの方《ほう》が早《はや》く着《つ》く」

矢場《やば》はおにぎりをほおばりながら言《い》った。

矢場《やば》の言《い》ったとおり、八時過《じす》ぎには高尾山口《たかおさんぐち》の駐車場《ちゅうしゃじょう》に着《つ》いた。

車《くるま》を降《お》りて駅《えき》の方《ほう》に行《い》くと、駅前《えきまえ》の店《みせ》で、ひとみや有季《ゆうき》たちといっしょに、先生《せんせい》とクラスの男女《だんじょ》十五人《にん》がショッピングをしていた。

「先生《せんせい》、お疲《つか》れ様《さま》です」

英治《えいじ》と相原《あいはら》が挨拶《あいさつ》した。

「さっき、中山《なかやま》さんに聞《き》いて驚《おどろ》いたんだけど、人質《ひとじち》を救出《きゅうしゅつ》するんだって？」

先生《せんせい》が言《い》った。

「そうなんです。誘拐《ゆうかい》された子《こ》どもは六人《にん》ほどですが、全員《ぜんいん》というわけにはいかないので、半分《はんぶん》でも救《きゅう》出《しゅつ》できたらと思《おも》っているんです」

「それで、われわれは何《なに》をすればいいんだ？」

「騒《さわ》ぎを起《お》こしてほしいんです」

「高尾山《たかおさん》は広《ひろ》いぞ。どこで騒《さわ》ぎを起《お》こすんだ？」

先生《せんせい》は困《こま》ったような顔《かお》できいた。

「ぼくらの予測《よそく》では彼《かれ》らは一号路《ごうろ》を登《のぼ》ってくると思《おも》うんです。そこで登山者《とざんしゃ》が必《かなら》ず立《た》ち寄《よ》る場所《ばしょ》といえば、薬王院《やくおういん》です。今日《きょう》は日曜日《にちようび》なので、あそこは混雑《こんざつ》するはずです。そこで騒《さわ》ぎを起《お》こせばパニックになるでしょう。そのどさくさに紛《まぎ》れて、子《こ》どもを奪還《だっかん》するという作戦《さくせん》です」

「それはいい案《あん》かもしれないが、あんなところで騒《さわ》ぎを起《お》こしたら始末書《しまつしょ》くらい取《と》られるぞ。まあ、子《こ》どもを救《すく》うためならば、それくらいのことはどうということはないか」

「ぼくらの作戦《さくせん》にはテレビ局《きょく》もついています。警察《けいさつ》に文句《もんく》は言《い》わせません」

「よしわかった。みんなにはいつ言《い》う？」

「薬王院《やくおういん》に着《つ》いて、子《こ》どもたちがやってきたら合図《あいず》します。そうしたら騒《さわ》ぎを起《お》こしてください。向《む》こうは子《こ》ども六人《にん》に大人《おとな》四人《にん》と見《み》ていますが、巻《ま》きこんでください」

「騒《さわ》ぐことは得意《とくい》な連中《れんちゅう》だが、計算通《けいさんどお》りいくかどうかはわからんぞ」

「それはかまいません。やつらにやらせと思《おも》われないためにも、本物《ほんもの》のけんかみたいなことをやってもおもしろいかもしれませんが、それは先生《せんせい》にお任《まか》せします。どんなことになっても、ご迷惑《めいわく》はかけませんので」

「そんなに気《き》をつかってくれなくてもいい。じゃ、おれも久《ひさ》しぶりに暴《あば》れてみるか。これでも学生時代《がくせいじだい》は暴《あば》れたもんだ」

先生《せんせい》は教師《きょうし》らしくないことを言《い》った。

そこで二十分《ぶん》ほど待《ま》っていると、

「やってきた。あの車《くるま》だ」

佐竹《さたけ》が駐車場《ちゅうしゃじょう》を指差《ゆびさ》して言《い》った。

見《み》ていると、小型《こがた》バスの中《なか》から、大人《おとな》四人《にん》と子《こ》ども六人《にん》が降《お》りて、こちらにやってきた。

「真美《まみ》だわ！」

有季《ゆうき》と一緒《いっしょ》にいる由美《ゆみ》が言《い》った。

顔《かお》を知《し》られている安永《やすなが》と佐竹《さたけ》は、みんなの陰《かげ》にかくれた。

「一号路《ごうろ》に行《い》くぞ」

英治《えいじ》が相原《あいはら》にささやくと、相原《あいはら》の顔《かお》が緊張《きんちょう》した。

「よし、おれたちもあいつらの後《あと》をつけよう」

4

六人《にん》の子《こ》どもたちは初《はじ》めての山登《やまのぼ》りなのか、はしゃぎながら一号路《ごうろ》を登《のぼ》りはじめた。

日曜日《にちようび》の高尾山《たかおさん》一号路《ごうろ》は、人《ひと》でいっぱいだった。

英治《えいじ》たちと先生《せんせい》に引率《いんそつ》されたクラスの十五人《にん》は、

「こんなに混《こ》んでいるとは思《おも》わなかった」

などとおしゃべりしながら、六人《にん》の子《こ》どもたちの後《あと》をつけた。

その道《みち》すがら、英治《えいじ》は十五人《にん》に今日《きょう》の計画《けいかく》を話《はな》した。

「要《よう》するに、おれたちは薬王院《やくおういん》に着《つ》いたらけんかをはじめればいいんだな?」

クラスでもワルと言《い》われている小山《こやま》が日比野《ひびの》にきいた。

「そうだよ。やつらにやらせだと思《おも》われてはまずいから、なるべく派手《はで》にやってくれ」

日比野《ひびの》が言《い》うと、

「それじゃ、おまえを派手《はで》にぶん殴《なぐ》るから、派手《はで》にやられてくれ」

小山《こやま》が指《ゆび》をならした。

「よしわかった。でも、けがするほど本気《ほんき》ではなぐるなよ。これは芝居《しばい》だからな」

日比野《ひびの》はちょっと不安《ふあん》そうな顔《かお》をした。

「わかってる。だけど、久《ひさ》しぶりにけんかができるなんて楽《たの》しいな。胸《むね》がわくわくするぜ」

小山《こやま》は上機嫌《じょうきげん》だ。

「おいおい、だいじょうぶか？　やりすぎるなよ」

日比野《ひびの》はますます不安《ふあん》そうになった。

「だいじょうぶだ。加減《かげん》してなぐるから。だけど、やらせでないように見《み》せなくちゃならないんだろう？」

小山《こやま》は英治《えいじ》の顔《かお》を見《み》た。

「それはもちろんだ。ちょっと痛《いた》いくらいはがまんしろ」

英治《えいじ》は日比野《ひびの》に言《い》った。

「ええっ!?　それはがまんするけど……」

日比野《ひびの》の声《こえ》が小《ちい》さくなった。

前《まえ》を行《い》く子《こ》どもたちは、後《うし》ろから見《み》ても楽《たの》しそうなのがわかるくらいはしゃいでいる。

「あの子《こ》たち、誘拐《ゆうかい》されたことなんて、これっぽっちも意識《いしき》してないみたい。まるっきり遠足気分《えんそくきぶん》」

有季《ゆうき》が言《い》った。

「洗脳《せんのう》されているんだな。それがわかっているから大人《おとな》たちものんびりしているんだ」

貢《みつぐ》の目《め》にもそう見《み》えた。

「たしかに、子《こ》どもたちを全然警戒《ぜんぜんけいかい》していない。これならうまくいきそうだな」

柿沼《かきぬま》が安永《やすなが》に話《はな》しかけた。

「それはいいけど、これじゃ逆《ぎゃく》に、救《すく》いにきたおれたちが人《ひと》さらいと思《おも》われるかもしれないぞ」

「そうなんだ。じつはおれもさっきからそれを心配《しんぱい》してるんだ。救《すく》いにきたと言《い》っても、わかってもらえないかもしれない」

相原《あいはら》が言《い》った。

「真美《まみ》はお姉《ねえ》さんの由美《ゆみ》がいるからわかるだろうけど、他《ほか》の子《こ》は助《たす》けにきたと言《い》ってもわからないかもしれない。そこが問題《もんだい》だな。変《へん》なやつがきたと言《い》って騒《さわ》ぎだされたら困《こま》るな」

「無理《むり》やり連《つ》れさるのはまずいわよ。それはわたしたち女子《じょし》に任《まか》せて」

ひとみが言《い》った。

子《こ》どもたちのグループは途中《とちゅう》で二度《ど》ほど休憩《きゅうけい》して、薬王院《やくおういん》に近《ちか》づいた。

「もうすぐだぞ」

先生《せんせい》が生徒《せいと》たちに言《い》った。

「薬王院《やくおういん》で、もう一回休憩《いっかいきゅうけい》するかな?」

英治《えいじ》は胸《むね》がどきどきしてきた。

薬王院《やくおういん》は絶好《ぜっこう》の救出場所《きゅうしゅつばしょ》だ。もし寄《よ》らずに通《とお》りすぎてしまったら、この計画《けいかく》は失敗《しっぱい》ということになる。

薬王院《やくおういん》が見《み》えてきた。

相原《あいはら》も安永《やすなが》も緊張《きんちょう》のためか、黙《だま》りこんでいる。

じっと眺《なが》めていると、子《こ》どもたちは薬王院《やくおういん》に入《はい》っていった。

「入《はい》ったぞ」

英治《えいじ》は相原《あいはら》に言《い》った。

「もう少《すこ》し間《あいだ》をつめましょう」

相原《あいはら》が言《い》うと、

「目標《もくひょう》までの間《あいだ》をつめるぞ」

先生《せんせい》が生徒《せいと》たちに指示《しじ》したので、みんな急《いそ》ぎ足《あし》になった。

薬王院《やくおういん》の境内《けいだい》に入《はい》った子《こ》どもたちは、そこで自由行動《じゆうこうどう》になったのか、みんなばらばらになった。

「行《い》こう」

有季《ゆうき》は、由美《ゆみ》と一緒《いっしょ》に真美《まみ》に近《ちか》づいた。そばまで行《い》ったとき、

「真美《まみ》」

と、由美《ゆみ》が声《こえ》をかけたが、真美《まみ》はきょとんとしている。

「人形《にんぎょう》を見《み》せて」

有季《ゆうき》が言《い》うと、由美《ゆみ》は真美《まみ》が小《ちい》さいときからずっと大事《だいじ》にしていた小《ちい》さな人形《にんぎょう》を、かばんから取《と》りだして、真美《まみ》に手渡《てわた》した。

それをしばらく見《み》つめているうちに、真美《まみ》の表情《ひょうじょう》が変《か》わった。

「真美《まみ》」

由美《ゆみ》がもう一度《いちど》呼《よ》びかけると、「お姉《ねえ》ちゃんじゃない！」と、真美《まみ》が言《い》った。

「そうよ」

由美《ゆみ》は真美《まみ》を抱《だ》きしめると、

「お家《うち》に帰《かえ》ろう」

いきなり手《て》をつかんで走《はし》りだした。

真美《まみ》は最初《さいしょ》戸惑《とまど》っていたが、

「こっちよ」

有季《ゆうき》は大声《おおごえ》で呼《よ》びかけてから、森《もり》の中《なか》へ駆《か》けこんだ。その後《うし》ろに二人《ふたり》がつづいた。

「おい、どこへ行《い》く？」

付《つ》きそいの男《おとこ》が後《あと》を追《お》いかけてきた。

その足《あし》にタローが嚙《か》みついた。

「痛《い》てえ」

男《おとこ》はタローを追《お》いはらおうとしたが、タローは放《はな》さない。

「どうしたんですか？」

宇野《うの》が近《ちか》づいて言《い》った。

「この犬《いぬ》、おまえのか？」

「友《とも》だちの犬《いぬ》ですけど、こいつ嚙《か》みついたら放《はな》しませんよ。飼《か》い主《ぬし》を呼《よ》んでくるから、そのままおとなしく待《ま》っていてください」

宇野《うの》はのんびりした声《こえ》で言《い》った。

「早《はや》く呼《よ》んできてくれ」

男《おとこ》がわめいている間《あいだ》に、真美《まみ》たちの姿《すがた》は森《もり》の中《なか》に消《き》えてしまった。

5

秋吉裕弥《あきよしゆうや》は、薬王院《やくおういん》にある仁王様《におうさま》のところに行《い》って、それを眺《なが》めていた。仁王様《におうさま》を見《み》るのははじめてなので見《み》とれていると、すぐ脇《わき》で中学生同士《ちゅうがくせいどうし》のけんかが起《お》こり、大騒動《おおそうどう》が始《はじ》まった。裕弥《ゆうや》もその渦《うず》の中《なか》に巻《ま》きこまれ、いつの間《ま》にか一緒《いっしょ》にいた吉岡《よしおか》と離《はな》れてしまった。

元《もと》いたところに戻《もど》ろうとしたが、けんかの渦《うず》の中《なか》から出《で》ることができない。

すると、見《み》たこともない女《おんな》の子《こ》がそばに来《き》て、「いらっしゃい」と言《い》って、手《て》を引《ひ》っぱってきた。

その言葉《ことば》としぐさがあまりにも優《やさ》しかったので、つい、ついて行《い》ってしまった。

「きみの名前《なまえ》は秋吉《あきよし》くんっていうんでしょう？」

いきなり名前《なまえ》を呼《よ》ばれたので、慌《あわ》てて、「そうです」と言《い》ってしまった。

「きみの家《いえ》に連《つ》れていってあげる」

「ぼくの家《いえ》？」

裕弥《ゆうや》はききかえした。

「そうよ。きみが今《いま》いるところはきみの家《いえ》じゃない。お父《とう》さんもお母《かあ》さんも待《ま》ってるわ。早《はや》く帰《かえ》りましょう」

「ぼくにお母《かあ》さんがいるの？」

お母《かあ》さんなんて言葉《ことば》を聞《き》いたのはいつ以来《いらい》だろう。

「いるわよ。きみが今《いま》いるところにお母《かあ》さんがいないのは、本当《ほんとう》の家《いえ》じゃないからなの」

裕弥《ゆうや》は頭《あたま》が混乱《こんらん》してきた。

「いいから、いらっしゃい」

そう言《い》われて周《まわ》りを見《み》ると、体《からだ》の大《おお》きな中学生《ちゅうがくせい》たちが裕弥《ゆうや》を取《と》りまいていた。

「おれたちと行《い》こう」

そう言《い》われて、裕弥《ゆうや》は抵抗《ていこう》もできずに中学生《ちゅうがくせい》と一緒《いっしょ》に歩《ある》かされた。

いつの間《ま》にか山《やま》を下《くだ》っている。

「どこへ連《つ》れていくの?」

裕弥《ゆうや》は不安《ふあん》になってきいた。

「お母《かあ》さんのところだよ。家《いえ》できみを待《ま》っているんだ」

何《なに》がなんだかわからない。

どこをどう歩《ある》いたのかしれないが、気《き》がつくと車《くるま》の中《なか》にいて、そこには真美《まみ》もいた。

「どうして、真美《まみ》もここにいるんだ?」

裕弥《ゆうや》がきくと、

「わたしは真美《まみ》の姉《あね》で由美《ゆみ》っていうの。あなたたちがこれから行《い》くところは病院《びょういん》よ」

由美《ゆみ》が代《か》わりに答《こた》えた。

「病院《びょういん》? ぼくはどこも悪《わる》くないぜ」

裕弥《ゆうや》が言《い》った。

「あなたたちはクスリで過去《かこ》の記憶《きおく》を消《け》されてしまったの。だから、今《いま》から病院《びょういん》に行《い》って記憶《きおく》を取《と》りもどしてもらうのよ」

由美《ゆみ》は信《しん》じられないことを言《い》った。

「どうして記憶《きおく》を消《け》されたの?」

真美《まみ》がきいた。

「あなたたちは誘拐《ゆうかい》されたのよ。だけど、その記憶《きおく》まで消《け》されたの」

「誘拐《ゆうかい》？」

このお姉《ねえ》さんの言《い》ってることが理解《りかい》できない。

「ぼくは誘拐《ゆうかい》されてなんかいないよ」

「全然覚《ぜんぜんおぼ》えてないのね？」

そう言《い》われて、真美《まみ》と裕弥《ゆうや》はそろってうなずいた。

「病院《びょういん》に行《い》って、失《うしな》ってしまった記憶《きおく》を取《と》りもどしたら、お父《とう》さんとお母《かあ》さんのところに帰《かえ》るの」

お母《かあ》さんと言《い》われても、今《いま》はどんな顔《かお》をしていたかも思《おも》いだせない。

「今日《きょう》は二人《ふたり》しか救《すく》いだすことができなかった。あと四人《にん》、どうやって救《すく》いだしたらいいか。今《いま》はわからない」

お姉《ねえ》さんはそうつぶやいたが、ぼくは本当《ほんとう》に救《すく》いだされたのだろうか。それすらもわからない。

病院《びょういん》なんて言《い》ってるけれど、どこへ連《つ》れていかれるのか。

裕弥《ゆうや》は不安《ふあん》になって隣《となり》に座《すわ》っている真美《まみ》の顔《かお》を見《み》たが、真美《まみ》は黙《だま》って遠《とお》くを見《み》ている。

真美《まみ》だって、きっとそう思《おも》っているに違《ちが》いない。

この車《くるま》から逃《に》げだす方法《ほうほう》はないだろうか。

裕弥《ゆうや》はそう思《おも》った。

しかし、両脇《りょうわき》にはがっしりした中学生《ちゅうがくせい》が座《すわ》っている。これでは逃《に》げだすことなどできない。

「心配《しんぱい》しなくていいの」

真美《まみ》そっくりのお姉《ねえ》さんが、裕弥《ゆうや》の心《こころ》を見透《みす》かしたかのように、優《やさ》しい声《こえ》で言《い》った。

6

K大学病院《ケイだいがくびょういん》に真美《まみ》と裕弥《ゆうや》を入院《にゅういん》させると、英治《えいじ》は野口《のぐち》に電話《でんわ》した。

「誘拐《ゆうかい》された子《こ》ども二人《ふたり》を奪還《だっかん》して、K大病院《ケイだいびょういん》に今入院《いまにゅういん》させました」

「そうか、よくやった。きみはどこにいる?」

「病院《びょういん》の玄関《げんかん》にいます」

「よし、すぐに病院《びょういん》に行《い》く」

十五分《ふん》ほどして野口《のぐち》があらわれた。

「どうやって奪《うば》いかえしたんだ?」

「外出《がいしゅつ》した機会《きかい》を狙《ねら》いました」

「それは大《たい》したものだ」

「でも、まだ四人残《にんのこ》っています」

「二人《ふたり》でも立派《りっぱ》だ。きみがやったのか？」

「ぼくひとりではできません。仲間《なかま》を動員《どういん》してやりました」

「きみにはすごい仲間《なかま》がいるんだな」

野口《のぐち》はしきりに感心《かんしん》した。

「野口《のぐち》さんのことは仲間《なかま》に天才《てんさい》だって話《はな》しています。ぜひ会《あ》ってください。みんな喜《よろこ》びますよ」

「そんな仲間《なかま》なら、おれの方《ほう》だって会《あ》いたいよ」

「あの二人《ふたり》が元《もと》に戻《もど》るまで、どのくらいかかりますか？」

「一週間《しゅうかん》もすれば、元《もと》に戻《もど》るだろう」

「それじゃ、両親《りょうしん》に会《あ》わせるのは、その後《あと》ですね」

「そうだ。それがいい」

野口《のぐち》がうなずいた。

「問題《もんだい》は残《のこ》りの四人《にん》です。どうやって救出《きゅうしゅつ》するか、まだ考《かんが》えていないんです」

「二人《ふたり》を奪《うば》われたことで、やつらはきみたちのことを調《しら》べるだろう。気《き》をつけた方《ほう》がいい」

「二人《ふたり》を連《つ》れもどしたことは警察《けいさつ》には秘密《ひみつ》にしておきます。話《はな》したら、ぼくらのことが公《おおやけ》になってしまいますから」

「そうだ。そうなったら危険《きけん》だ。奪《うば》いかえしたのがまさか中学生《ちゅうがくせい》だったなんて、黙《だま》っていれば思《おも》わないだろうからな」

「退院後《たいいんご》、二人《ふたり》を家《いえ》に戻《もど》してもだいじょうぶでしょうか。それが心配《しんぱい》なんです」

「だいじょうぶだろう。やつらも、もう一度《いちど》誘拐《ゆうかい》するリスクは冒《おか》さないと思《おも》う」

「それならいいんですが……」

「しかし、やつらは二人《ふたり》を監視《かんし》しているはずだ。しばらくの間《あいだ》は、きみたちは二人《ふたり》と距離《きょり》を置《お》いた方《ほう》がいい」

野口《のぐち》の言《い》うことはもっともだと、英治《えいじ》も納得《なっとく》した。

一週間《しゅうかん》ほどの治療《ちりょう》の結果《けっか》、真美《まみ》と裕弥《ゆうや》の二人《ふたり》は元《もと》の状態《じょうたい》に戻《もど》った。野口《のぐち》、英治《えいじ》、相原《あいはら》の三人《にん》は病院《びょういん》を訪《おとず》れて、回復《かいふく》したばかりの二人《ふたり》に会《あ》った。

「あそこできみたちは最初《さいしょ》に何《なに》を教《おし》えられたんだ？」

野口《のぐち》がきいた。

「2045年問題《ねんもんだい》です」

「2045年《ねん》なんてずいぶん先《さき》のことだけど、何《なに》か問題《もんだい》が起《お》こるのか？」

英治《えいじ》がきいた。

「ぼくも知《し》らなかったのですが、コンピューターは、ただ計算速度《けいさんそくど》が速《はや》くなるといった進歩《しんぽ》だけではなく、いずれ人間《にんげん》の生活《せいかつ》を根本的《こんぽんてき》に変革《へんかく》させるような質的変化《しつてきへんか》を起《お》こすだろうと教《おし》えられました。2045年《ねん》は、その技術的特異点《ぎじゅつてきとくいてん》がやってくるとアメリカの人工知能研究者《じんこうちのうけんきゅうしゃ》であるレイ・カーツワイル博士《はかせ》が言《い》っている年《とし》です。三十年後《ねんご》には、今《いま》のぼくたちではまったく予測《よそく》もつかないことが現実《げんじつ》になるというのです」

裕弥《ゆうや》が言《い》うと、

「技術的特異点《ぎじゅつてきとくいてん》のことをシンギュラリティともいうんだ」

野口《のぐち》が補足《ほそく》した。

「おれには全然《ぜんぜん》わからないけど、そんな難《むずか》しいこと言《い》われて、きみはわかったのか?」

「そのときは、まったくわかりませんでした」

「そうだろう。なんでいきなりそんなことを話《はな》したんだろう」

英治《えいじ》がつぶやいた。

「わかることだけ教《おし》えればいいというものじゃないからな。最初《さいしょ》はわからなくても、言《い》っていることがだんだんと理解《りかい》できるようになる。それでいいんだ」

野口《のぐち》に言《い》われたが、英治《えいじ》にはますますわからなくなってきた。

「あそこでの生活《せいかつ》は楽《たの》しかったか?」

「はじめはわからないことが多《おお》いから楽《たの》しくなかったけど、慣《な》れてきたら、そうでもなくなりました。

あとは、アニメを見《み》せてくれたり、ゲームをさせてくれたりもしたんだけど、それには夢中《むちゅう》になりました」

真美《まみ》が言《い》った。

「おれの知《し》ってるアニメなんて、ドラえもんか、ガンダムか、エヴァンゲリオンくらいだ」

「中学生《ちゅうがくせい》にしては、ずいぶん年季《ねんき》が入《はい》ってるな」

野口《のぐち》が言《い》うと、真美《まみ》が笑《わら》いだした。

「もう少《すこ》しAI《エーアイ》のことを知《し》ってるのかと思《おも》いました」

「おれはまったくの機械《きかい》オンチなんだ。AI《エーアイ》なんて言《い》うまでもない」

「ゲームはどんなのをやったんだ?」

相原《あいはら》がきいた。

「VR《ブイアール》のゲームは、子《こ》ども向《む》けでもいくつもありました。たとえば、サイバーダンガンロンパ

VR《ブイアール》なんていうのは学級裁判《がっきゅうさいばん》に挑《いど》むゲームです。映画《えいが》ではマトリックスなんかおもしろかったです。そのほかにもいろいろあったから退屈《たいくつ》はしませんでした」

「勉強《べんきょう》はどうしてたんだ？」

「車《くるま》に乗《の》せられて教室《きょうしつ》に行《い》きました。そこには専門《せんもん》の先生《せんせい》がいて、コンピューターの知識《ちしき》を基礎《きそ》からみっちり教《おし》えられました」

「なぜコンピューターのことばかり教《おし》えられるのか、疑問《ぎもん》に思《おも》わなかったのか？」

英治《えいじ》がきいた。

「思《おも》いました。だから質問《しつもん》したんです。そしたら、革命《かくめい》を起《お》こすためだと言《い》われました」

「そんなぶっそうなことを言《い》われて何《なに》も思《おも》わなかったのか？」

「思《おも》いましたよ。革命《かくめい》なんて、たくさんの人《ひと》の血《ち》を流《なが》すことではないですかときいたんです。すると、それはむかしの革命《かくめい》であって、いまはコンピューターによって世《よ》の中《なか》を変《か》えるのだから、血《ち》は一滴《いってき》も流《なが》さない。コンピューターを制《せい》する者《もの》こそが世界《せかい》を制《せい》するんだって言《い》われたんです」

「コンピューターが進歩《しんぽ》するに従《したが》って、世《よ》の中《なか》はもっと便利《べんり》になるかもしれない。だが、人間《にんげん》がそれを悪用《あくよう》すれば、必《かなら》ず悲劇《ひげき》が起《お》きる。その最《さい》たるものが軍事利用《ぐんじりよう》だが、これは人《ひと》の殺傷《さっしょう》だけではない。近年《きんねん》特《とく》に問題視《もんだいし》されているのは、サイバー攻撃《こうげき》だ」

野口《のぐち》が言《い》うと、

「サイバー攻撃《こうげき》って、何《なん》ですか？」

英治《えいじ》がきいた。

「ハッカーがネットワークやシステムに不正侵入《ふせいしんにゅう》して、国家《こっか》や企業《きぎょう》などの重要《じゅうよう》なデータやプログラムを破壊《はかい》したりするんだ」

「ハッカーって、そんなことまでできるんですか？」

「ああ。もちろんこれは犯罪《はんざい》だけどな」

「便利《べんり》になっても、いろんな副作用《ふくさよう》があるんですね」

相原《あいはら》が苦々《にがにが》しげな顔《かお》をした。

「何《なん》にでも副作用《ふくさよう》はつきものだ。だからこそ、われわれはリスクを最小化《さいしょうか》する努力《どりょく》を怠《おこた》ってはならないんだ」

「じつはぼく、あそこで勉強《べんきょう》しているうちに、どうしてもハッカーになりたいって思《おも》いました」

裕弥《ゆうや》が言《い》った。

「ハッカーになって、何《なに》をするつもりだったんだ？」

相原《あいはら》がきいた。

「世界《せかい》を変《か》えたいと思《おも》いました」

「たとえ、それで世《よ》の中《なか》が混乱《こんらん》しても構《かま》わないと思《おも》ったのか？」

「ええ、世界《せかい》をよくするためなら仕方《しかた》がないと思《おも》っていました」

「そうか。今《いま》はどう思《おも》っている?」

「あのときは悪《わる》い夢《ゆめ》を見《み》ていたとしか考《かんが》えられません」

裕弥《ゆうや》がふっきれたように言《い》った。

「それはよかった。しかし、そうなると、残《のこ》りの四人《にん》も一刻《いっこく》も早《はや》く救《すく》いださなくちゃならないな」

相原《あいはら》が英治《えいじ》と顔《かお》を見《み》あわせた。

四章《しょう》　内田荘《うちだそう》

1

四人《にん》の大人《おとな》が高尾山《たかおさん》から内田荘《うちだそう》に戻《もど》ると、オーナーの内田正一郎《うちだせいいちろう》が待《ま》っていて、応接室《おうせつしつ》まで来《く》るようにと呼《よ》びだされた。

「二人《ふたり》がいなくなったというのはどういうことだ？　逃《に》げたということか？」

「いいえ。それは考《かんが》えられません。あの子《こ》どもたちは金《かね》も持《も》っていないし、そもそも過去《かこ》の記憶《きおく》がないのですから、逃《に》げだして、家《いえ》に帰《かえ》ろうなどと思《おも》うはずがないのです」

「それなら、どうしていなくなったんだ？」

内田《うちだ》に射《い》すくめるような目《め》でにらまれて、リチャードは身《み》を縮《ちぢ》めた。

「現場《げんば》はすごい人《ひと》ごみで、その上《うえ》、突然騒《とつぜんさわ》ぎが起《お》こったんです」

「だから見失《みうしな》ったと言《い》うのか？」

「わたしは、そのすきにだれかに拉致《らち》されたのではないかとみています」

「何《なに》、拉致《らち》された？」

内田《うちだ》の顔《かお》が真《ま》っ赤《か》になった。

「だれかとはだれだ？」

「わかりません」

リチャードは首《くび》を振《ふ》った。

「わからないとはどういうことだ。おまえたちは子《こ》どもを二人《ふたり》も拉致《らち》されながら、犯人《はんにん》の顔《かお》も見《み》ていないと言《い》うのか？」

「真美《まみ》を連《つ》れていったのは女《おんな》の子《こ》でした」

井上《いのうえ》が言《い》った。

「おまえはそれを黙《だま》って見《み》ていたのか」

「もちろん追《お》いかけましたが、すぐに人《ひと》ごみに消《き》えてしまいまして……」

「口《くち》から出《で》まかせを言《い》うな。あの六人《にん》がどこにいるか知《し》っている者《もの》などだれもいないはずだ。それでどうして拉致《らち》できるんだ？　理屈《りくつ》に合《あ》わんではないか」

「おっしゃるとおりなのですが、それでも、だれかが連《つ》れだしたのはたしかです」

「じゃあ、きくが、そのだれかは、どうして今日《きょう》、おまえたちが高尾山《たかおさん》にハイキングに行《い》くことを知《し》っていたんだ？　だれかに話《はな》したのか？」

「だれにも話《はな》していません」

四人《にん》がそろって言《い》った。

「それなら、通《とお》りすがりの者《もの》が拉致《らち》したとでも言《い》うのか？」

「いえ……。ただ、これだけは言《い》えます。もし二人《ふたり》がすでにどこかで見《み》つかっているのなら、行方不明《ゆくえふめい》の子《こ》どもがあらわれたという報道《ほうどう》がなされているはずです。それが何《なに》もないところをみると、二人《ふたり》はまだ世間《せけん》に出《で》ていません」

村上《むらかみ》が言《い》った。

「では、どこにいるのだ？」

「おそらく拉致《らち》した人物《じんぶつ》がどこかへかくしているのだと思《おも》います」

「拉致《らち》した人物《じんぶつ》とはだれだ。警察《けいさつ》か？」

「警察《けいさつ》ではありません。もし警察《けいさつ》なら全員《ぜんいん》を連《つ》れていくはずです。それに、二人《ふたり》をとりもどしたと

発表《はっぴょう》するはずです。それがないのは警察《けいさつ》ではないということです」

「警察《けいさつ》でないなら、だれだ？」

内田《うちだ》は村上《むらかみ》に言《い》った。

「われわれと同《おな》じような組織《そしき》ではないかと思《おも》います」

「そんな組織《そしき》が、われわれ以外《いがい》に存在《そんざい》するなんて考《かんが》えられん」

「いいえ、あっても不思議《ふしぎ》ではないと思《おも》います」

「日本《にほん》では聞《き》いたことがない。外国《がいこく》の組織《そしき》か？」

「それはわかりませんが、日本《にほん》にもわれわれのような組織《そしき》がないと断言《だんげん》はできません」

「もしそんな組織《そしき》があるとしたら問題《もんだい》だぞ。それに、連《つ》れていったのは子《こ》どもだと言《い》ったな？」

「はい。あれはたしかに子《こ》どもでした。わたしが追《お》いかけたとき、犬《いぬ》をけしかけてきたのも子《こ》どもでした」

井上《いのうえ》が言《い》った。

「その組織《そしき》には子《こ》どももいるのか？　どうも納得《なっとく》できん」

内田《うちだ》はしばらく黙《だま》っていたが、

「仮《かり》にそういう組織《そしき》があったとしても、なぜ今日《きょう》、子《こ》どもたちがハイキングすることがわかったのだ？　それを知《し》っているのはおまえたち四人《にん》しかいないんだぞ。この中《なか》に裏切《うらぎ》り者《もの》がいるのか？」

と言《い》って、四人《にん》の顔《かお》を順《じゅん》に凝視《ぎょうし》した。

「わたしたちは絶対《ぜったい》に裏切《うらぎ》ったりはしません。それだけは信《しん》じてください」

マックが言《い》った。マックはあまり日本語《にほんご》が得意《とくい》ではないらしい。

「信《しん》じたいとは思《おも》う。だが、おまえたち以外《いがい》にだれがハイキングに行《い》くことを知《し》っていたというんだ？」

「ハイキングに行《い》くことは、キッチンのカレンダーにメモしてありました。だから、部屋《へや》にいる者《もの》なら、だれでもそれを見《み》ることはできます」

井上《いのうえ》が言《い》った。

「そんなうかつなことをしたのはだれだ？」

「子《こ》どもたちに食事《しょくじ》を作《つく》ってくれている女性《じょせい》です」

「どうしてそんなことをしたんだ？」

「料理《りょうり》の準備《じゅんび》のために、食事《しょくじ》がいる日《ひ》といらない日《ひ》を事前《じぜん》に知《し》っておく必要《ひつよう》があるからです。いらない日《ひ》は食材《しょくざい》の配達《はいたつ》を止《と》めないといけませんから」

「では、その女性《じょせい》がだれかに話《はな》したのか？」

「それは考《かんが》えられません」

井上《いのうえ》は首《くび》を振《ふ》った。

「その部屋《へや》に入《はい》っていたのは、せいぜいその女性《じょせい》をふくめたおまえたちと子《こ》どもたちくらいだろう？」

「そうです」

「その中《なか》のだれかが話《はな》さない限《かぎ》り、外部《がいぶ》にもれるとは思《おも》えん」

内田《うちだ》がいぶかしげな顔《かお》をした。

「……いや、食材《しょくざい》の配達《はいたつ》に来《く》るスーパーの人間《にんげん》があの部屋《へや》に入《はい》っていますね。もしかすると、そいつかもしれません」

井上《いのうえ》が思《おも》いだしたように言《い》った。

「そいつは毎日《まいにち》来《く》るのか？」

「子《こ》どもたちに外出《がいしゅつ》の予定《よてい》がない日《ひ》は必《かなら》ず来《き》ます。ですから、今日《きょう》は来《こ》ないはずです」

「明日《あした》は？」

「おそらく来《く》ると思《おも》います」

「では、明日《あした》会《あ》ってみよう」

内田《うちだ》が言《い》った。

翌日《よくじつ》、内田《うちだ》が内田荘《うちだそう》の応接室《おうせつしつ》で待《ま》っていると、井上《いのうえ》が佐竹《さたけ》を連《つ》れてきた。

「きみが毎日《まいにち》ここに食材《しょくざい》を届《とど》けに来《き》てくれているのか？」

内田《うちだ》にきかれて、佐竹《さたけ》は、

「はい、そうです」

と答《こた》えた。

「昨日《きのう》は配達《はいたつ》がなかったはずだな？」

「はい。外出《がいしゅつ》するときいていましたから」

「どこへ行《い》くかきいたか？」

「いいえ」

「そうか。では、念《ねん》のためにきみの名前《なまえ》と住所《じゅうしょ》を書《か》いてくれ」

内田《うちだ》は手帳《てちょう》を差《さ》しだした。

「どうして名前《なまえ》を書《か》くんですか？　ぼくが何《なに》か悪《わる》いことをしたんですか？」

「そういうわけじゃない。じつは昨日《きのう》、うちの生徒《せいと》が高尾山《たかおさん》で二人《ふたり》いなくなったんだ。それで今捜《いまさが》しているんだ」

「そんなことがあったんですか。知《し》りませんでした」

佐竹《さたけ》はしらばっくれた。

「もしきみがそれらしい情報《じょうほう》をつかんだら、何《なん》でもいい、ぜひ知《し》らせてくれ。お礼《れい》はするから」

「はい。ここのみなさんは、みんないい子《こ》たちだったのに、どうしていなくなったのですか？」

「それはこっちがききたいよ。だれかに連《つ》れさられたのを見《み》たと言《い》う者《もの》もいる」

「それは心配《しんぱい》ですね」

「ご苦労《くろう》さん。もう行《い》っていいよ。ただし、このことはだれにも話《はな》さないでくれ」

「はい、だれにも話《はな》しません」

そう言《い》って、佐竹《さたけ》は部屋《へや》を後《あと》にした。

「あの子《こ》は何《なに》も知《し》らんな。だが、念《ねん》のため友《とも》だち関係《かんけい》を調《しら》べておけ。友《とも》だちくらいには話《はな》したかもしれん」

内田《うちだ》に言《い》われて、井上《いのうえ》は佐竹《さたけ》が手帳《てちょう》に書《か》いた住所《じゅうしょ》と名前《なまえ》を、自分《じぶん》の手帳《てちょう》にもメモした。

「ここはだいじょうぶだと思《おも》っていたが、転居《てんきょ》しよう」

「どこかに移《うつ》るんですか？　そこまで用心《ようじん》しなくてもいいんじゃないですか？」

リチャードが内田《うちだ》に言《い》った。

「念《ねん》のためだ」

2

佐竹《さたけ》からの報告《ほうこく》を聞《き》いた英治《えいじ》は、

「住所《じゅうしょ》と名前《なまえ》まで書《か》かされたのか？」

ときいた。

「うん。でも、どちらもでたらめを書《か》いておいた」

佐竹《さたけ》はにやりとした。

「さすが、やるな」

安永《やすなが》が佐竹《さたけ》をほめた。

「佐竹《さたけ》にきくなんて、敵《てき》は相当焦《そうとうあせ》っているな。しかしこうなると、これからは佐竹《さたけ》がアジトに配達《はいたつ》に行《い》くのは危険《きけん》だ」

英治《えいじ》が言《い》うと、

「それだと、やつらの動《うご》きがわからなくなるぜ」

佐竹《さたけ》が言《い》った。

「いや。行《い》くのは止《や》めたほうがいい」

柿沼《かきぬま》も英治《えいじ》の意見《いけん》に賛成《さんせい》のようだ。

「佐竹《さたけ》が急《きゅう》に来《こ》なくなったら、疑《うたが》われるぜ」

安永《やすなが》が言《い》った。

「おれは本当《ほんとう》の住所《じゅうしょ》も名前《なまえ》も言《い》ってないからだいじょうぶだ」

「だから疑《うたが》われるんだ」

相原《あいはら》が強《つよ》い口調《くちょう》で言《い》った。

「どうして?」

「やつらは佐竹《さたけ》が書《か》いた住所《じゅうしょ》に確認《かくにん》に行《い》くだろう。ところが、それがニセモノだったとわかったら、疑《うたが》うのは当然《とうぜん》だろう?」

「そう言《い》われてみればそうだな」

「あそこには顔《かお》を出《だ》さない方《ほう》がいい」

「わかった。今日《きょう》で最後《さいご》にする」

「やつらはまだおれたちの存在《そんざい》に気《き》づいていない。別《べつ》の方法《ほうほう》を考《かんが》えよう」

英治《えいじ》が相原《あいはら》の顔《かお》を見《み》た。

「ところで、真美《まみ》と裕弥《ゆうや》の具合《ぐあい》はどうなんだ?」

柿沼《かきぬま》が英治《えいじ》にきいた。

「もう大分《だいぶ》もとにもどってきてる。あと数日《すうじつ》で家《いえ》に帰《かえ》れるだろう」

「今《いま》はまだ二人《ふたり》がどこにいるか、やつらは知《し》らないからいいが、家《いえ》に帰《かえ》るとなると危険《きけん》だぜ。住所《じゅうしょ》は知《し》ってるんだろうから」

立石《たていし》が首《くび》を傾《かし》げた。

「そうだな。あいつらのことだ。最初《さいしょ》に二人《ふたり》の家《いえ》をあたるだろう」

佐竹《さたけ》が言《い》った。

「記憶《きおく》がもとに戻《もど》ったなら、二人《ふたり》とも家《いえ》に帰《かえ》りたいだろう。それは、だれにも気《き》づかれないよう秘密《ひみつ》に帰《かえ》してやれば、できないことはない。だが、そこからが問題《もんだい》だ。そのまま家《いえ》にいてもだいじょうぶだろうか。家《いえ》で安全《あんぜん》に過《す》ごさせてやれるか？」

立石《たていし》はみんなの顔《かお》を見《み》た。

「つらいだろうけれど、いったん家《いえ》に帰《かえ》った後《あと》、もう一度《いちど》どこかに身《み》をかくした方《ほう》がいいかもしれないな」

日比野《ひびの》がそう言《い》って、表情《ひょうじょう》をくもらせた。

「どこがいい？」

純子《じゅんこ》が言《い》うなり、

「それはうちよ」

ひとみが言《い》った。

「そうか、ひとみのところは料亭《りょうてい》だから人《ひと》の出入《でい》りも多《おお》い。そう考《かんが》えると安全《あんぜん》かもしれないわね」

「しかし、いつまでもそこにいさせるわけにもいかないぜ。おれの家《いえ》はどうだ？　中学生《ちゅうがくせい》がいつも出入《でい》りしてるから目立《めだ》たないだろう」

相原《あいはら》が言《い》うと、

「そうか。なんてったって相原《あいはら》の家《いえ》は塾《じゅく》だからな。いいアイディアかもしれないな」

安永《やすなが》がうなずいた。

「やつらは、いなくなった二人《ふたり》も捜《さが》すだろうけど、残《のこ》った四人《にん》をどう守《まも》るかについても考《かんが》えるはずだぜ。今度《こんど》のことであのアジトがばれたと判断《はんだん》すれば、家《いえ》をかえるかもしれない。そんな気《き》がするんだ」

谷本《たにもと》が言《い》った。

「谷本《たにもと》の言《い》うことは当《あ》たっているかもしれない。もしどこかに移《うつ》ったら、あのスーパーにはわかる」

「わたしがスーパーに行《い》って、敵《てき》の様子《ようす》を探《さぐ》って来《き》ます。きっと何《なに》か動《うご》きがあるはずです。それがわたしたちの仕事《しごと》なんですから」

有季《ゆうき》が言《い》った。

「そうか。きみたちは探偵《たんてい》になるんだったたな」

日比野《ひびの》が、あらためて有季《ゆうき》と貢《みつぐ》を見《み》つめた。

「そうですよ。ぼくらを忘《わす》れちゃ困《こま》ります」

貢《みつぐ》が胸《むね》をそらして言《い》った。

「行《い》くのはいいけど、くれぐれも気《き》をつけてくれよ。相手《あいて》はただものじゃないんだ。あまくみるとひどい目《め》に遭《あ》うぞ」

「谷本《たにもと》さん、忠告《ちゅうこく》ありがとうございます。十分《じゅうぶん》気《き》をつけて探《さぐ》って来《き》ます。いいわね、アッシー」

有季《ゆうき》は自信《じしん》のある表情《ひょうじょう》を見《み》せた。

「きみらの話《はなし》をきいていると、おれの出番《でばん》はないようだな」

矢場《やば》が言《い》った。

「テレビでの放映《ほうえい》は、人《ひと》の命《いのち》にもかかわることですから、もう少《すこ》し待《ま》ってください」

英治《えいじ》と相原《あいはら》がそろって頼《たの》みこんだ。

「いいよ。今放映《いまほうえい》しなくても他社《たしゃ》に抜《ぬ》かれることはないだろうからな。やつらを捕《つか》まえるまで待《ま》つことにする」

「ありがとうございます。さすがは矢場《やば》さんだ」

「おちょくるな。この事件《じけん》は興味本位《きょうみほんい》ではやりたくない。大《おお》げさかもしれんが、日本《にほん》の運命《うんめい》がかかっているんだからな。だから、やるからには徹底的《てっていてき》にやる。おれのクビをかけて」

「矢場《やば》さん、見直《みなお》した」

ひとみと純子《じゅんこ》が手放《てばな》しで褒《ほ》めたので、矢場《やば》の表情《ひょうじょう》もやわらいだ。

「とにかく、この事件《じけん》はおもしろ半分《はんぶん》にやったら命《いのち》にかかわる。これは脅《おど》かしじゃない。相手《あいて》はただものじゃないんだからな。くれぐれも気《き》を抜《ぬ》くなよ」

「わかってます」

英治《えいじ》、相原《あいはら》、谷本《たにもと》、安永《やすなが》が声《こえ》をそろえた。

「そんなにヤバイのか？」

日比野《ひびの》の声《こえ》が震《ふる》えた。

「そうだよ。びびってんのか？」

「そんなことない。おれだって、いくつも修羅場《しゅらば》をくぐってきたんだ。おれをなめるな」

日比野《ひびの》が言《い》うと、なんとなくその場《ば》の空気《くうき》がやわらぐ。だから、みんなから好《す》かれるのだ。

3

真美《まみ》が家《いえ》に帰《かえ》ってきた。最初《さいしょ》はなんとなくぎこちなかったが、すぐに元《もと》の真美《まみ》に戻《もど》った。

真美《まみ》は、以前《いぜん》のように学校《がっこう》に通《かよ》いたいと言《い》ったのだが、組織《そしき》はかならず奪《うば》いにくるにちがいない。

だから、今《いま》は危険《きけん》だと言《い》って、有季《ゆうき》が止《と》めた。

真美《まみ》の家《いえ》は警察《けいさつ》が警備《けいび》することになったが、警察《けいさつ》の警備《けいび》なんて当《あ》てにならない。

そこで、有季《ゆうき》と貢《みつぐ》も真美《まみ》を見《み》はることになった。

英治《えいじ》は有季《ゆうき》がそう言《い》いだしたのを聞《き》いて、自分《じぶん》たちも手分《てわ》けして真美《まみ》の周辺《しゅうへん》に目《め》を凝《こ》らすようにした。

真美《まみ》が家《いえ》に戻《もど》って数日後《すうじつご》、怪《あや》しい男《おとこ》が近《ちか》くをうろついているのを、見《み》はっていた佐竹《さたけ》が発見《はっけん》した。

佐竹《さたけ》はその男《おとこ》を内田荘《うちだそう》で見《み》たことがあった。

さっそく、そのことを有季《ゆうき》に知《し》らせた。

貢《みつぐ》が門《もん》の前《まえ》に出《で》ていくと、男《おとこ》が貢《みつぐ》に話《はな》しかけてきた。

「きみ、ここの家《いえ》の子《こ》?」

「そうです」

と答《こた》えると、

「きみ、妹《いもうと》さんいる?」

男《おとこ》がきいてきた。

「ええ、いますけど、おじさんは警察《けいさつ》のかたですか?」

「そうだよ。妹《いもうと》さん、たしか誘拐《ゆうかい》されたって聞《き》いたけど、帰《かえ》ってきたかい?」

男《おとこ》は優《やさ》しい口調《くちょう》できいてきた。

「まだ帰《かえ》ってきません」

「そうかい。警察《けいさつ》は犯人《はんにん》を一生懸命《いっしょうけんめい》捜《さが》しているからね。もうじき戻《もど》ってくるよ」

「そうですか。ぜひおねがいします。父《ちち》も母《はは》も心《しん》配《ぱい》していますので」

「そうだろうね」

男《おとこ》はそれだけ言《い》うと、帰《かえ》っていった。

貢《みつぐ》が門《もん》を開《あ》けて中《なか》に入《はい》ると、有季《ゆうき》が、

「男《おとこ》の写真《しゃしん》はばっちり撮《と》ったわ。あいつ、真美《まみ》ちゃんのことさいたね」

と言《い》った。

「まだ誘拐《ゆうかい》されたままで、父《ちち》も母《はは》も心配《しんぱい》してると言《い》ってやった」

「それはいいけど、アッシー。あなた、妹《いもうと》がいるって言《い》ったでしょう？　それはちょっとまずかったわ」

「どうして？」

貢《みつぐ》がききかえした。

「この家《いえ》には姉妹《しまい》しかいないとわかっているはずよ。向《む》こうにうそをついたことがばれたかも」

「そうか。ドジったな。どうしたらいい？」

貢《みつぐ》はすっかり落《お》ちこんだ。

「これ以上《いじょう》、真美《まみ》ちゃんをこの家《いえ》にいさせたらヤバイかもね」

有季《ゆうき》が言《い》ったとき、佐竹《さたけ》と英治《えいじ》がやってきた。

「おれが見《み》たあの男《おとこ》、井上《いのうえ》っていうんだが、来《き》たか？」

「ええ、写真《しゃしん》にも収《おさ》めました」

有季《ゆうき》が佐竹《さたけ》に言《い》った。

「ぼくが会《あ》ったんですけど、ドジしてしまいました」

貢《みつぐ》は、自分《じぶん》が真美《まみ》の兄《あに》だと言《い》ってしまったことを二人《ふたり》に話《はな》した。

「どうせまたくるだろう。そのときに、あいつを捕《つか》まえて捕虜《ほりょ》にしよう。それから向《む》こうのことを吐《は》かせるんだ」

英治《えいじ》に言《い》われて、貢《みつぐ》はやっと晴《は》ればれとした表情《ひょうじょう》になった。

「二人《ふたり》がいなくなったことで、あいつらは相当焦《そうとうあせ》ってますね。スーパーの店長《てんちょう》の話《はなし》によると、もう食材《しょくざい》の配達《はいたつ》はしなくていいと言《い》われたそうです。近々《ちかぢか》アジトをどこかへ移《うつ》すんじゃないでしょうか」

有季《ゆうき》が言《い》った。

「その日《ひ》はいつだ？」

英治《えいじ》がきいた。

「それはわからないけど、もうすぐじゃないかと思《おも》います。引《ひ》っ越《こ》し屋《や》を調《しら》べれば行《い》き先《さき》がわかるでしょうね」

「そうか。引《ひ》っ越《こ》し屋《や》に目《め》をつけるとはさすがだ。よし、それはおれが当《あ》たろう」

英治《えいじ》は有季《ゆうき》のアイディアに感心《かんしん》して、何度《なんど》もうなずいた。

「となると、次《つぎ》は残《のこ》りの四人《にん》の救出《きゅうしゅつ》だ。向《む》こうは警戒《けいかい》してるだろうから、これは難《むずか》しいぞ。しかし、やらなくちゃ」

佐竹《さたけ》が言《い》った。

「へたすると、こっちがやられます」

貢《みつぐ》が英治《えいじ》を見《み》た。

「たしかにその危険《きけん》は大《おお》ありだ。捕《つか》まったら記憶《きおく》を消《け》されるかもしれない」

「ヤバイこと言《い》うなよ」

佐竹《さたけ》が顔色《かおいろ》を変《か》えた。

「まだ今《いま》のところぼくたちのことに気《き》づいていないでしょう?」

貢《みつぐ》が言《い》うと、

「気《き》づくのは時間《じかん》の問題《もんだい》だと思《おも》うわ」

「有季《ゆうき》、アッシーをびびらすなよ」

佐竹《さたけ》が言《い》った。

「脅《おど》かしてはいません。あいつらならやる。そう思《おも》って用心《ようじん》しなきゃ」

有季《ゆうき》は厳《きび》しい目《め》で貢《みつぐ》を見《み》た。

「わかったよ」

貢《みつぐ》がうなずいた。

4

内田《うちだ》は、井上《いのうえ》、村上《むらかみ》、リチャード、マックの四人《にん》を応接室《おうせつしつ》に集《あつ》めた。

「それではわたしから報告《ほうこく》します。先日《せんじつ》、久木真美《ひさきまみ》の家《いえ》に行《い》って様子《ようす》をうかがってきました」

井上《いのうえ》が言《い》った。

「真美《まみ》はいたか？」

「兄《あに》を名乗《なの》る子《こ》どもがあらわれて、誘拐《ゆうかい》されて以来《いらい》、家《いえ》に帰《かえ》っていないと言《い》いました」

「兄《あに》？　そいつはうそをついたな。真美《まみ》に兄《あに》はいないはずだ」

「それはわたしも存《ぞん》じています。あの家《いえ》は何人《なんにん》かの警官《けいかん》が遠巻《とおま》きに警備《けいび》しているようでした。きっと、真美《まみ》は帰《かえ》ってきているのではないか。そう感《かん》じました」

「それじゃ、高尾山《たかおさん》で真美《まみ》をさらったのは警官《けいかん》か？」

内田《うちだ》がきいた。

「もし、警官《けいかん》だったら六人全員《にんぜんいん》を連《つ》れていくはずですが、連《つ》れていったのは二人《ふたり》だけです。だから、警《けい》官《かん》ではないとわたしは思《おも》います」

「それは前《まえ》にも聞《き》いた。じゃ、さらったのはだれだ？　村上《むらかみ》は別《べつ》の組織《そしき》だと言《い》ったな？」

「たしかにわたしはそう申《もう》し上《あ》げましたが、組織《そしき》だったら、家《いえ》に帰《かえ》すとは思《おも》えません……」

村上《むらかみ》はそこまで言《い》うと、口《くち》ごもった。

「わたしは警察《けいさつ》の可能性《かのうせい》を捨《す》てきれないと思《おも》います」

マックが言《い》った。

「しかし、警察《けいさつ》だとすると、ずっと行方不明《ゆくえふめい》だった真美《まみ》が見《み》つかって、今《いま》は家《いえ》にいると発表《はっぴょう》しないのはなぜだ。そこがおかしいじゃないか」

「残《のこ》りの四人《にん》を奪《うば》いかえすために、秘密《ひみつ》にしているのかもしれません」

リチャードもマックの意見《いけん》に賛成《さんせい》のようだ。

「すると、うかつに取《と》りもどしに行《い》くことはできんな」

「へたに近《ちか》づいたらワナにはまります」

「うーん。しかし、おれにはどうも警察《けいさつ》には思《おも》えんのだ。だれがやったのか。この正体《しょうたい》がわからんからイラつくんだ。見当《けんとう》はつかないか？」

「だれだかわからないだけに不気味《ぶきみ》です。そいつらは二人《ふたり》を奪《うば》ったのですから、残《のこ》りの四人《にん》もきっと奪《うば》いに来《く》るでしょう。ここにいては危険《きけん》です。早《はや》くどこかに移転《いてん》しましょう」

「移転《いてん》する場所《ばしょ》なら心当《こころあ》たりがある」

内田《うちだ》が言《い》った。

「では、さっそく引《ひ》っ越《こ》し屋《や》を手配《てはい》しましょう。いつにしますか？」

「今度《こんど》の土曜日《どようび》にしよう」

「それは決《き》まりとして真美《まみ》はどうしますか。このまま放《ほう》っておきますか？」

井上《いのうえ》がきいた。

「いやそうはしない。もう一度《いちど》取《と》りもどす」

「しかし、真美《まみ》は家《いえ》を出《で》ないでしょう。学校《がっこう》にいくとしても護衛《ごえい》がついてくるでしょう。さらうのは危《き》険《けん》です」

「真美《まみ》は外《そと》に出《で》なくても、兄《あに》だと言《い》ったやつは普通《ふつう》に学校《がっこう》に行《い》くだろう。そいつをさらうんだ」

「なるほど。それなら簡単《かんたん》です」

井上《いのうえ》が言《い》った。

「兄《あに》だと言《い》ったやつを人質《ひとじち》に取《と》れば、向《む》こうの正体《しょうたい》もわかるだろう。真美《まみ》を取《と》りもどすのはそれからでも遅《おそ》くはない。それまでは放《ほう》っておこう」

「さすがはボスです。その線《せん》で行《い》きましょう」

リチャードがうなずいた。

「では、井上《いのうえ》、さっそく引《ひ》っ越《こ》しの準備《じゅんび》に取《と》りかかってくれ」

「かしこまりました」

内田《うちだ》に言《い》われて、井上《いのうえ》は応接室《おうせつしつ》を出《で》ていった。

「リチャード、おれは、なぜあの日《ひ》、子《こ》どもたちが高尾山《たかおさん》に行《い》くことが外《そと》にもれたのかが、いまもわからない。そのことを知《し》っているのはおまえたちしかいなかったからだ。おれは、四人《にん》のうちだれかがもらしたに違《ちが》いないと思《おも》うんだが」

「わたしは絶対《ぜったい》だれにももらしてはいません」

リチャードが言《い》うと、後《あと》の二人《ふたり》も、

「わたしたちもです。信《しん》じてください」

と、そろって言《い》った。

「おまえたちはそうだろう。しかし、もう一人《ひとり》いるじゃないか」

「井上《いのうえ》ですか？」

「リチャード。おまえは井上《いのうえ》を信用《しんよう》できるか？」

「たしかに、あいつは怪《あや》しい気《き》がします」

「おれもどうもあいつの行動《こうどう》が気《き》にかかる。これはおれの勘《かん》だが、ハイキングの日《ひ》をばらしたのは、井《いの》上《うえ》だという気《き》がしてならない。井上《いのうえ》の動《うご》きにおかしなところがないか、これから注意深《ちゅういぶか》く見《み》はってほしい」

「わかりました」

三人《にん》がうなずいた。

5

「アッシー、今日《きょう》も真美《まみ》ちゃんのところに行《い》くの？」

有季《ゆうき》は学校《がっこう》に行《い》くと、貢《みつぐ》の顔《かお》を見《み》るなりきいた。

「うん、学校帰《がっこうがえ》りに真美《まみ》の家《いえ》に寄《よ》ろうと思《おも》う」

「あれから井上《いのうえ》はあらわれないみたいね」

「そうなんだ。でも油断《ゆだん》はできない」

「そうだね、よろしく頼《たの》んだよ」

「うん」

貢《みつぐ》はいつもの明《あか》るい声《こえ》で言《い》った。

その日《ひ》、授業《じゅぎょう》が終《お》わると、英治《えいじ》から、

「授業《じゅぎょう》が終《お》わったら、『フィレンツェ』に来《き》てくれ」

という内容《ないよう》のメールがケータイに入《はい》った。

有季《ゆうき》は学校《がっこう》の後《あと》、すぐに『フィレンツェ』に向《む》かった。

「アッシーは真美《まみ》のところか？」

「そうです。もうそろそろ着《つ》くころだと思《おも》います」

「そうか。真美《まみ》の様子《ようす》はどうなんだ？」

「すっかり元気《げんき》になって、アッシーの手《て》には負《お》えないらしいですよ」

「アッシーでは無理《むり》だな」

「でもいろいろ勉強《べんきょう》とか教《おし》えてもらったりして、仲良《なかよ》くやってるみたいです」

「アッシーの成績《せいせき》が上《あ》がるかもしれないな」

英治《えいじ》は貢《みつぐ》の顔《かお》を想像《そうぞう》すると、知《し》らずに笑《え》みがこぼれた。

『フィレンツェ』には、相原《あいはら》、安永《やすなが》、日比野《ひびの》、柿沼《かきぬま》も来《き》ていた。

「引《ひ》っ越《こ》しの件《けん》はどうなりました？」

有季《ゆうき》は英治《えいじ》にきいた。

「そうなんだ。それを話《はな》したくて有季《ゆうき》に来《き》てもらったんだ。日比野《ひびの》が引《ひ》っ越《こ》し屋《や》を見《み》つけてくれた」

「へえ、日比野《ひびの》さんが？　やりますね」

「どうだ、見直《みなお》したか」

日比野《ひびの》は胸《むね》をはった。

「それじゃ、日程《にってい》もわかったんですね？」

「わかった。今週《こんしゅう》の土曜日《どようび》に荷物《にもつ》を運《はこ》ぶそうだ」

日比野《ひびの》が言《い》った。

「すると、子《こ》どもたちもその日《ひ》に引《ひ》っ越《こ》すんですか？」

「そのようだ」

「では、その日《ひ》に子《こ》どもたちを奪《うば》いますか？」

有季《ゆうき》がきいた。

「いや。その日《ひ》は危険《きけん》だと思《おも》う」

相原《あいはら》が言《い》った。

「どうしてですか？　チャンスだと思《おも》うんですが」

「それはやつらも計算《けいさん》してるだろう。もし、のこのこ出《で》ていったら、やつらのワナに引《ひ》っかかるかもしれない。そんな気《き》がするんだ」

「菊地《きくち》さんはどう思《おも》いますか？」

有季《ゆうき》は英治《えいじ》にもきいた。

「高尾山《たかおさん》のときと同《おな》じ手《て》を使《つか》うのはヤバイ。おれも相原《あいはら》の意見《いけん》に賛成《さんせい》だ」

「日比野《ひびの》さんも同《おな》じ意見《いけん》ですか？」

「おれは違《ちが》うけど、二人《ふたり》がやらないと言《い》うなら、それに従《したが》う」

日比野《ひびの》は、ちょっと残念《ざんねん》そうな表情《ひょうじょう》をした。

有季《ゆうき》のスマホが鳴《な》った。見《み》ると真美《まみ》からだった。

『貢《みつぐ》さんが来《こ》ないんですが、今日《きょう》は何《なに》か用《よう》があるんですか？』

「アッシーは授業《じゅぎょう》が終《お》わったら、そちらに行《い》くって言《い》ってたけど……」

有季《ゆうき》は胸騒《むなさわ》ぎがしてきた。

「どうしたんだ。何《なに》かあったのか？」

有季《ゆうき》の顔色《かおいろ》が変《か》わったのを見《み》て、英治《えいじ》がきいた。

「アッシーがまだ真美《まみ》ちゃんの家《いえ》に着《つ》かないんですって。何《なに》かあれば、わたしに連絡《れんらく》があるはずなのに」

「それはおかしい。アッシーに何《なに》かあったな」

相原《あいはら》が言《い》った。

「何《なに》かって？」

「これは誘拐《ゆうかい》されたかもしれんぞ。アッシーは、やつらに真美《まみ》の兄《あに》だと言《い》っているし、顔《かお》も知《し》られているんだろう。そこが気《き》になっていたんだ」

相原《あいはら》が唇《くちびる》をかんだ。

「アッシーのケータイには有季《ゆうき》の番号《ばんごう》が入《はい》っているだろう？」

英治《えいじ》がきいた。

「はい、入《はい》ってます」

「それじゃ、アッシーの家《いえ》か有季《ゆうき》のところに犯人《はんにん》から連絡《れんらく》が入《はい》るだろう。今《いま》はそれを待《ま》つしかない」

英治《えいじ》が言《い》うと、みんな黙《だま》りこんでしまった。

「アッシーを人質《ひとじち》に取《と》って、真美《まみ》を返《かえ》せと要求《ようきゅう》してくるかもしれないな」

安永《やすなが》が言《い》った。

「そう言《い》ってきたらどうする？」

英治《えいじ》が相原《あいはら》の顔《かお》を見《み》た。

「真美《まみ》は家《いえ》にはいない。アッシーはそう言《い》うはずです」

有季《ゆうき》が言《い》った。

「しかし、いるんだろう？」

「いますけど、アッシーならそう言《い》います」

「なぜそう言《い》うとわかるんだ？」

「アッシーは探偵《たんてい》になるんです。わたしたちにはそれだけの覚悟《かくご》ができています」

有季《ゆうき》の声《こえ》は自信《じしん》に満《み》ちている。

「しかし、やつらは子《こ》どもたちの記憶《きおく》を消《け》しさるような連中《れんちゅう》だ。アッシーにも何《なに》をするかわからん。自《じ》白剤《はくざい》みたいなものを射《う》たれるかもしれない」

相原《あいはら》が言《い》った。

「そんなことになったら、おれたちのこともみんなやつらにばれてしまうな」

英治《えいじ》の顔《かお》がこわばった。

「それはまずいな。菊地《きくち》、何《なに》かいい案《あん》はないか」

柿沼《かきぬま》に見《み》つめられて、

「急《きゅう》に言《い》われても……」

と、英治《えいじ》は頭《あたま》をかかえたが、しばらくして、

「アッシーが連《つ》れていかれるとしたらどこだ?」

と、つぶやいた。

「それは新《あたら》しいアジトだろう。でも、それがどこかわからない」

安永《やすなが》が言《い》った。

「わかる方法《ほうほう》があるぞ」

相原《あいはら》が声《こえ》を上《あ》げると、みんなが振《ふ》りむいた。

「引《ひ》っ越《こ》し屋《や》だ。引《ひ》っ越《こ》し屋《や》ならわかる」

相原《あいはら》が続《つづ》けた。

「たしかにそうだ。日比野《ひびの》、おまえの顔《かお》はやつらに割《わ》れてないから、おまえが見《み》つけたと言《い》ってた引っ越《こ》し屋《や》にもぐりこめ。それで新居《しんきょ》に工作《こうさく》してこい」

英治《えいじ》が言《い》った。

「何《なに》をすればいいんだ？」

日比野《ひびの》がきいた。

「それは谷本《たにもと》が考《かんが》える。あいつなら何《なに》かいい方法《ほうほう》を考《かんが》える。まかしておけばいい」

「そうだわ。谷本《たにもと》さんならきっとできる」

有季《ゆうき》がはずんだ声《こえ》で言《い》った。

「よし、谷本《たにもと》を呼《よ》ぼう」

英治《えいじ》は谷本《たにもと》に電話《でんわ》すると、

「緊急事態《きんきゅうじたい》だ。すぐ『フィレンツェ』に来《き》てくれ」

と言《い》った。

「これでよし」

急《きゅう》に元気《げんき》がわいてきた。

6

谷本《たにもと》は十五分《ふん》ほどで、急《いそ》いでやってきた。

「何《なに》があったんだ？」

いつもと変《か》わらない涼《すず》しい顔《かお》で英治《えいじ》を見《み》た。

「アッシーがやつらに誘拐《ゆうかい》された」

「え、アッシーがどうして？」

「誘拐《ゆうかい》されたのは今日《きょう》、学校《がっこう》からの帰《かえ》り、真美《まみ》の家《いえ》に行《い》く途中《とちゅう》だろう」

「どうして誘拐《ゆうかい》されたとわかったんだ？」

「あいつ、真美《まみ》のことを探《さぐ》りに来《き》た男《おとこ》に、実際《じっさい》にはいないのに、自分《じぶん》は兄《あに》だと言《い》ってしまったんだ。これはまずいと思《おも》ってた矢先《やさき》にいなくなった」

「そいつはドジったな。あいつも真美《まみ》みたいに記憶《きおく》を消《け》されるぞ」

谷本《たにもと》が唇《くちびる》をかんだ。

「そうなんだ。だから、早《はや》く助《たす》けないと」

柿沼《かきぬま》の顔色《かおいろ》が青《あお》くなった。

「アッシーの居場所《いばしょ》はわかるのか？」

「だいたいの見当《けんとう》はつくだろう。なあ、日比野《ひびの》」

相原《あいはら》が言《い》った。

「ああ」

「どういうことだ？」

谷本《たにもと》が相原《あいはら》にきいた。

「有季《ゆうき》がスーパーに聞《き》きこみをして、あいつらがアジトを移動《いどう》することがわかったんだ。そこで、引《ひ》っ越《こ》しするなら引《ひ》っ越《こ》し屋《や》に頼《たの》むだろうと思《おも》って調《しら》べた。そうしたら、日比野《ひびの》が見《み》つけたんだ。やつらが手配《てはい》した引《ひ》っ越《こ》し屋《や》を」

「引《ひ》っ越《こ》し屋《や》か。そこまで調《しら》べるとはすごいな。見直《みなお》したよ」

谷本《たにもと》が感心《かんしん》した。

「やるだろう」

日比野《ひびの》が胸《むね》をはった。

「やつらが引《ひ》っ越《こ》す日《ひ》はいつなんだ？」

「今週《こんしゅう》の土曜日《どようび》だ」

「もうすぐだな」

「そこで、おまえに考《かんが》えてほしいことがある」

英治《えいじ》が言《い》った。

「何《なん》だ？」

「日比野《ひびの》に、その引《ひ》っ越《こ》し屋《や》にアルバイトとして入《はい》ってもらって、新居《しんきょ》にもぐりこませようと思《おも》ってるんだけど、アッシーと残《のこ》りの四人《にん》を救《すく》いだすいい方法《ほうほう》がないか？」

英治《えいじ》が言《い》った。

「アッシー一人《ひとり》なら、その場《ば》で助《たす》けることができるかもしれないけど、他《ほか》の四人《にん》も全員《ぜんいん》となると難《むずか》しいな」

谷本《たにもと》は頭《あたま》をかかえた。

「たしかに、五人全員《にんぜんいん》なんて欲《よく》ばったこと考《かんが》えたら失敗《しっぱい》すると思《おも》います」

有季《ゆうき》が言《い》った。

「そうなんだ。だからどうしても谷本《たにもと》の知恵《ちえ》が必要《ひつよう》だ。たとえば盗聴器《とうちょうき》を仕《し》かけるとか」

英治《えいじ》が言《い》うと、

「そんなちんけな仕《し》かけじゃだめだ」

谷本《たにもと》があっさりと却下《きゃっか》した。

「いい案《あん》はないか？」

英治《えいじ》は谷本《たにもと》の顔《かお》をのぞきこんだ。

「そう簡単《かんたん》に思《おも》いつけないよ」

「引《ひ》っ越《こ》しまで、あと四日《よっか》しかない。それまでに何《なん》とか頼《たの》む」

英治《えいじ》は谷本《たにもと》に手《て》を合《あ》わせた。

「待《ま》てよ。こんなのはどうだ？」

ずっとうつむきながら考《かんが》えていた谷本《たにもと》が、ふっと顔《かお》を上《あ》げた。

「どんな方法《ほうほう》だ？」

「幽霊《ゆうれい》を出《だ》す作戦《さくせん》だよ」

「えーっ？　相手《あいて》はＡＩ《エーアイ》の専門家《せんもんか》だぜ。幽霊《ゆうれい》なんか信《しん》じるか？」

柿沼《かきぬま》が首《くび》を傾《かし》げた。

「そう思《おも》うだろう。しかし、おれの考《かんが》えているのはバーチャルリアリティーの幽霊《ゆうれい》だ」

「そんな幽霊《ゆうれい》ができるのか？」

安永《やすなが》が言《い》った。

「だから引《ひ》っかかるんだ」

谷本《たにもと》は自信《じしん》ありげだ。

「そんな幽霊《ゆうれい》ならわたしも見《み》てみたいな」

有季《ゆうき》が言《い》った。

「見《み》たら腰《こし》が抜《ぬ》けるぞ」

「へえ、見《み》たい、見《み》たい」

「よし。帰《かえ》ったらすぐに、思《おも》いっきりリアルなのを作《つく》るぞ」

「じゃ、日比野《ひびの》には、そのバーチャルリアリティーの幽霊《ゆうれい》が出《で》る装置《そうち》を引《ひ》っ越《こ》し先《さき》にセットしてもらえばいいんだな？」

英治《えいじ》がきいた。

「そういうことだ」

「そんなことなら、お安《やす》いご用《よう》だ」

日比野《ひびの》が得意《とくい》げに言《い》った。

「おれもアッシーたちを救《すく》いだすいい方法《ほうほう》を思《おも》いついたぜ」

安永《やすなが》が声《こえ》をはずませた。

「それ、教《おし》えろよ」

日比野《ひびの》が乗《の》ってきた。

「それには矢場《やば》さんと、ここのマスターの力《ちから》が必要《ひつよう》だ」

「わたしは貢《みつぐ》のためなら何《なん》でもやります。何《なん》でも言《い》ってください」

貢《みつぐ》の父親《ちちおや》が、厨房《ちゅうぼう》から顔《かお》を出《だ》して言《い》った。

「大《たい》したことじゃありません。車《くるま》を運転《うんてん》してもらいたいんです。ぼくらはできないので」

「なんだ。そんなことなら簡単《かんたん》です」

父親《ちちおや》は拍子抜《ひょうしぬ》けしたみたいに言《い》った。

「車《くるま》なら、矢場《やば》さんもきっとOK《オーケー》だろう」

「それなら、後《あと》はおれにまかせてくれ。アッシーたちは必《かなら》ず救《すく》いだす」

安永《やすなが》は胸《むね》をはった。

「何《なに》をやるんだ？」

「今《いま》は言《い》えない」

安永《やすなが》は日比野《ひびの》の顔《かお》を見《み》て、ニヤッと笑《わら》った。

五章《しょう》　貢《みつぐ》の奪還《だっかん》

1

内田《うちだ》の前《まえ》に座《すわ》らされた貢《みつぐ》は、

「真美《まみ》は家《いえ》にいるんだろう?」

ときかれた。

「いいえ、いません」

貢《みつぐ》は、はっきりと言《い》った。

「元気《げんき》がいいな。しかし、おれたちの前《まえ》でうそをついても無駄《むだ》だぞ」

「いいえ、うそはついていません」

貢《みつぐ》は首《くび》を振《ふ》った。

「そうか。そう言《い》いはるなら、今《いま》から試験《しけん》をする。腕《うで》をまくれ」

内田《うちだ》に言《い》われた貢《みつぐ》が腕《うで》をまくると、後《うし》ろから男二人《おとこふたり》に両腕《りょううで》をおさえつけられて、腕《うで》に注射《ちゅうしゃ》をうたれた。

「何《なに》を注射《ちゅうしゃ》したんですか？」

貢《みつぐ》は不安《ふあん》になってきいた。

「この注射《ちゅうしゃ》をうって五分《ふん》もすると、本当《ほんとう》のことを話《はな》したくなる」

そんなばかなことがあるか。絶対《ぜったい》言《い》うもんか。

貢《みつぐ》はそう言《い》い聞《き》かせて、唇《くちびる》をかみしめた。

しかし、だんだん頭《あたま》がぼんやりしてきた。

「もう一度《いちど》きく。おまえの名前《なまえ》を言《い》ってみろ」

「ぼくの名前《なまえ》は足田貢《あしだみつぐ》です」

「おまえのボスの名前《なまえ》を言《い》え」

「前川有季《まえかわゆうき》です」

「女《おんな》か？」

「そうです」

「その上《うえ》に大《おお》ボスがいるだろう？」

「いいえ。いません」

「本当《ほんとう》か？」

内田《うちだ》は貢《みつぐ》の顔《かお》をのぞきこんだ。

「本当《ほんとう》です」

「信《しん》じられんが、まあいいだろう」

内田《うちだ》はちらっとリチャードを見《み》てから、

「おまえ、きょうだいはいるか？」

と、貢《みつぐ》にきいた。

「いません。一人《ひとり》っ子《こ》です」

「親父《おやじ》さんの職業《しょくぎょう》は何《なん》だ？」

「イタリア料理店《りょうりてん》を経営《けいえい》しています」

「店《みせ》の名前《なまえ》は？」

『フィレンツェ』といいます」

「それじゃ、おまえも料理《りょうり》はできるか？」

「できます。パスタが得意《とくい》です」

「それではこれからキッチンを手伝《てつだ》ってもらおう」

リチャードが言《い》った。

「いいですよ。それくらい」

貢《みつぐ》がうなずくと、

「さっき、真美《まみ》は家《いえ》にいないと言《い》ったが、本当《ほんとう》はいるんだろう？」

内田《うちだ》が不意《ふい》に核心《かくしん》をついてきた。

「はい、います」

貢《みつぐ》は、何《なん》の抵抗《ていこう》もなく答《こた》えてしまった。

「そうだろう。では、高尾山《たかおさん》で真美《まみ》を連《つ》れていったのはおまえか？」

「ぼくではありません」

「秋吉裕弥《あきよしゆうや》は？」

「それもぼくではありません」

「では、だれだ？」

「ぼくの仲間《なかま》です」

「おまえの仲間《なかま》というのは、おまえと同《おな》じ中学生《ちゅうがくせい》か？」

「そうです」

「その仲間《なかま》は何人《なんにん》いる？」

「十人《にん》くらいいます」

「だれの命令《めいれい》でやった？」

「だれの命令《めいれい》でもありません。みんなで考《かんが》えてやったのです」

「うそをつくな」

内田《うちだ》は貢《みつぐ》をにらみつけたが、貢《みつぐ》の表情《ひょうじょう》は変《か》わらない。

「うそではありません」

この少年《しょうねん》はまだ全部本当《ぜんぶほんとう》のことは言《い》っていない。だれかの命令《めいれい》に違《ちが》いないが、今《いま》はそれでいいと内田《うちだ》は思《おも》った。

「リチャード、おまえはどう思《おも》う？」

内田《うちだ》がきいた。

「そのうちに言《い》うでしょう。中学生《ちゅうがくせい》があんなことを考《かんが》えるなんて思《おも》えません。だれかの命令《めいれい》でやったに決《き》まっています」

リチャードが言《い》った。

「ではきくが、高尾山《たかおさん》にうちの子《こ》どもたちがハイキングに行《い》くことをだれから聞《き》いた？」

内田《うちだ》は貢《みつぐ》の顔《かお》をじっと見《み》た。

「佐竹《さたけ》さんです」

「佐竹《さたけ》というのはおまえの仲間《なかま》の中学生《ちゅうがくせい》か？」

「そうです」

「どうして、そいつは高尾山《たかおさん》に行《い》くことを知《し》ったんだ？」

「それはスーパーのアルバイトをしていたからです」

貢《みつぐ》が言《い》った。

「スーパーのアルバイト？」

「一度《いちど》、井上《いのうえ》が応接室《おうせつしつ》に連《つ》れてきた、近《ちか》くのスーパーから食材《しょくざい》の配達《はいたつ》に来《き》ていたあの少年《しょうねん》のことじゃないでしょうか」

リチャードが説明《せつめい》した。

「そうか。あいつだったのか。どういう組織《そしき》か見当《けんとう》はつくか？」

内田《うちだ》はリチャードにきいた。

「いいえ。それはわかりませんが、そういう組織《そしき》が中学生《ちゅうがくせい》を使《つか》っても不思議《ふしぎ》ではありません」

「そうだとすると、今度《こんど》の移転《いてん》にも気《き》づいているかもしれんな」

「そのおそれはありますね。それなら、いちおう移転《いてん》はしておいて、そこはダミーにしたらいいと思《おも》います」

「ダミーか。それはいい考《かんが》えかもしれん。いずれにしても、この少年《しょうねん》を奪《うば》われて相手《あいて》はショックを受《う》けているだろう。これをどう利用《りよう》するかだ」

「方法《ほうほう》は考《かんが》えてあります。この少年《しょうねん》を人質《ひとじち》として、連《つ》れだされた二人《ふたり》と交換《こうかん》しましょう」

「それはいいな」

「この子《こ》の家《いえ》に電話《でんわ》します。番号《ばんごう》はこのケータイを調《しら》べればわかるでしょう」

リチャードは貢《みつぐ》のケータイを取《と》りだすと、貢《みつぐ》の家《いえ》の番号《ばんごう》を検索《けんさく》して電話《でんわ》した。

「もしもし。そちらは足田貢《あしだみつぐ》くんのお宅《たく》ですか?」

『はい、そうです』

男《おとこ》の声《こえ》がした。

「お父《とう》さんですか?」

『そうです』

「今《いま》、貢《みつぐ》くんのケータイから電話《でんわ》しています。貢《みつぐ》くんはわたしがここで預《あず》かっています」

『なぜ貢《みつぐ》を誘拐《ゆうかい》したんですか?　金《かね》が目的《もくてき》ですか?』

父親《ちちおや》の声《こえ》は震《ふる》えている。

「金《かね》ではありません」

『じゃ、何《なん》ですか?　貢《みつぐ》は無事《ぶじ》なんでしょうね?』

「もちろんです」

『では代《か》わってください』

「貢《みつぐ》、電話《でんわ》に出《で》ろ」

リチャードはケータイを貢《みつぐ》にわたした。

「父《とう》さん？」

貢《みつぐ》が言《い》った。

『そうだ。元気《げんき》か？』

「元気《げんき》だよ」

貢《みつぐ》の声《こえ》は普段《ふだん》と変《か》わらない。

『そこはどこだ？』

父親《ちちおや》がきいたが、リチャードは貢《みつぐ》からケータイを取《と》りあげ、

「貢《みつぐ》くんはお帰《かえ》しします。その代《か》わりに、彼《かれ》の仲《なか》間《ま》の中学生《ちゅうがくせい》が高尾山《たかおさん》で連《つ》れていった二人《ふたり》をこちらに帰《かえ》してもらえませんか？」

と言《い》った。

『わたしには何《なん》のことかわかりません。ちょっと待《ま》ってください』

リチャードがしばらく待《ま》っていると、

『では、土曜日《どようび》の午後《ごご》、久木真美《ひさきまみ》ちゃんと秋吉裕弥《あきよしゆうや》くんの二人《ふたり》と交換《こうかん》します。当日《とうじつ》、午後《ごご》二時《じ》にこちらに電話《でんわ》をください。そのときに場所《ばしょ》と時間《じかん》を伝《つた》えます』

父親《ちちおや》が言《い》った。

「いいでしょう」

リチャードは電話《でんわ》を切《き》ると、内田《うちだ》に電話《でんわ》の内容《ないよう》を話《はな》した。

「やけに簡単《かんたん》にOK《オーケー》したな。何《なに》かあるんじゃないか？」

「あるかもしれません。土曜日《どようび》の午後《ごご》二時《じ》にこちらから電話《でんわ》することになっていますから、そのときの相手《あいて》の出方《でかた》を見《み》て考《かんが》えましょう」

「では、土曜日《どようび》の引《ひ》っ越《こ》しは予定通《よていどお》りやることにしよう。午後《ごご》二時《じ》には引《ひ》っ越《こ》しが完了《かんりょう》しているな？」

「ええ、完了《かんりょう》しています。子《こ》どもたちも着《つ》いているはずです」

リチャードが言《い》った。

「よし。人質交換《ひとじちこうかん》の件《けん》はおまえにまかせる。うまくやってくれ」

「わかりました。わたしにおまかせください」

リチャードは自信《じしん》のある声《こえ》で言《い》った。

2

「ボスが呼《よ》んでるから、すぐに行《い》け」

リチャードに言《い》われて、井上《いのうえ》は内田《うちだ》がいる応接室《おうせつしつ》に行《い》った。

「おまえはしばらく家《いえ》で休《やす》め」

井上《いのうえ》は部屋《へや》に入《はい》るなり、内田《うちだ》に言《い》われた。

「どうしてですか？」

井上《いのうえ》にはどういうことかわからなかったのできき かえした。

「それはおまえの胸《むね》にきいてみろ」

「わたしにはわかりません」

「わからなければいい」

理由《りゆう》をきいたが、内田《うちだ》は何《なに》も言《い》わなかった。

なぜそんなことを言《い》われるのか何度《なんど》も考《かんが》えてみたが、まったく思《おも》い当《あ》たる節《ふし》がない。

それから二日《ふつか》が経《た》った。

明日《あした》は引《ひ》っ越《こ》しの日《ひ》だというのに呼《よ》びだしがかからない。これはただごとではない。明《あき》らかな首切《くびき》りだ。

そう考《かんが》えると、このまま家《いえ》にいるのは危険《きけん》だという予感《よかん》がしたので、アパートを出《で》て、近《ちか》くのカプセルホテルで暮《く》らすことにした。

内田《うちだ》が井上《いのうえ》にこんなことを言《い》ったのは、はじめてだ。

思《おも》いつくのは高尾山《たかおさん》での事件《じけん》である。これは井上《いのうえ》にとって予期《よき》しない出来事《できごと》だった。

だれが、あの日《ひ》、ハイキングに行《い》くことをもらしたのだ。

内田《うちだ》はこのことにひどくこだわっていた。四人《にん》のだれかに違《ちが》いないと疑《うたが》っていた。

その犯人《はんにん》が井上《いのうえ》だと内田《うちだ》に耳打《みみう》ちしたのは、リチャードしかいない。

リチャードは気《き》が合《あ》わない井上《いのうえ》をスケープゴート（生《い》けにえ）にしたに違《ちが》いない。

井上《いのうえ》は前《まえ》からこの組織《そしき》と縁《えん》を切《き》りたいと思《おも》っていたので、内田《うちだ》が疑《うたが》うのなら、それはそれで逃《に》げだすいい機会《きかい》だと思《おも》った。

ただし、この組織《そしき》から逃《に》げだすのは容易《ようい》ではない。以前《いぜん》に逃《に》げようとした男《おとこ》は、ほどなく消《け》されてしまった。

井上《いのうえ》も一度《いちど》疑《うたが》われた以上《いじょう》、ただではすまないだろう。命《いのち》を狙《ねら》われることも考《かんが》えなくてはならない。

どうすればいいか。

井上《いのうえ》は貢《みつぐ》という少年《しょうねん》に会《あ》ってから、真美《まみ》を連《つ》れていったのはその関係者《かんけいしゃ》以外《いがい》にないと感《かん》じていた。

それなら、真美《まみ》のところに駆《か》けこむのが唯一《ゆいいつ》生《い》き残《のこ》る方法《ほうほう》だと思《おも》いついた。幸《さいわ》い真美《まみ》の家《いえ》の電話番号《でんわばんごう》はわかっている。

井上《いのうえ》は真美《まみ》の家《いえ》に電話《でんわ》した。

「もしもし。わたしは一年前《ねんまえ》に真美《まみ》さんを誘拐《ゆうかい》した組織《そしき》について知《し》っています。ぜひお伝《つた》えしたいと思《おも》うのですが……」

井上《いのうえ》がそう話《はな》した後《あと》、しばらく沈黙《ちんもく》がつづいたが、

「あなたがいったいだれなのかを教《おし》えていただければ、お会《あ》いしてもいいでしょう」

という女性《じょせい》の声《こえ》がした。この声《こえ》は真美《まみ》ではない。姉《あね》の由美《ゆみ》にしても、しっかりしすぎている。すると母《はは》かもしれないと思《おも》った。

「実《じつ》はわたしは、その組織《そしき》で真美《まみ》さんの誘拐《ゆうかい》に関《かか》わっていた井上《いのうえ》という者《もの》ですが、そのことをとても後《こう》悔《かい》しているので、ぜひお会《あ》いして謝《あやま》りたいと考《かんが》えてお電話《でんわ》しました」

「そんなこと言《い》ってわたしたちをだましたら、警察《けいさつ》行《い》きですよ」

「だましたりはしません。どこでもご指定《してい》のところにまいります」

「では、お会《あ》いする場所《ばしょ》は『フィレンツェ』というイタリア料理店《りょうりてん》でいかがですか？　住所《じゅうしょ》は○○○○です」

「わかりました。そちらへまいります。あなたのお名前《なまえ》を教《おし》えてください」

「わたしの名前《なまえ》は前川有季《まえかわゆうき》です。店《みせ》に来《き》たら前川《まえかわ》に会《あ》いに来《き》たと言《い》ってください」

「では、午後《ごご》五時《じ》にうかがいます」

井上《いのうえ》はそう返事《へんじ》して、電話《でんわ》を切《き》った。

午後《ごご》五時《じ》。

井上《いのうえ》が『フィレンツェ』に行《い》って、前川《まえかわ》さんに会《あ》いたいと言《い》うと、

「わたしが前川《まえかわ》です」

と言《い》って、有季《ゆうき》が出迎《でむか》えてくれた。

見《み》た瞬間《しゅんかん》、あまりに若《わか》いので驚《おどろ》いた。

そこには数人《すうにん》の中学生《ちゅうがくせい》らしい男女《だんじょ》がいて、有季《ゆうき》が順《じゅん》に紹介《しょうかい》してくれた。

「この人《ひと》たちはみんなわたしの仲間《なかま》です」

「わたしは井上《いのうえ》と申《もう》します。実《じつ》は一年前《ねんまえ》に真美《まみ》さんを誘拐《ゆうかい》したのは、わたしがいた組織《そしき》なんです」

井上《いのうえ》が自己紹介《じこしょうかい》すると、

「そんな人《ひと》が、どうしてここに来《き》たの？」

菊地英治《きくちえいじ》だと紹介《しょうかい》された中学生《ちゅうがくせい》が言《い》った。

「わたしは、あの組織《そしき》から裏切《うらぎ》り者《もの》の烙印《らくいん》を押《お》されて追放《ついほう》されました。このままだと処刑《しょけい》されてしまうので、あなた方《がた》のところへ駆《か》けこんだのです」

「追放《ついほう》だなんて、いったい何《なに》をしたんですか？」

有季《ゆうき》がきくと、

「疑《うたが》われた理由《りゆう》がそれなりにあるんじゃないの？」

相原《あいはら》という少年《しょうねん》がつづいてきいた。

「それは、高尾山《たかおさん》で真美《まみ》さんたちを奪《うば》われたからです。出《で》かける日時《にちじ》と場所《ばしょ》が事前《じぜん》にばれてしまったのは、だれかが教《おし》えたせいにちがいないと疑《うたが》われて、わたしがその犯人《はんにん》にされたのです」

「そう。それはかわいそうだったね。あれは、おれたちが自力《じりき》で調《しら》べたのに」

英治《えいじ》が言《い》った。

「それは、だれか教《おし》えた者《もの》がいたんですか？」

「だれにもきかなくたって、そのくらいわかるさ」

「どうやって知《し》ったんですか？」

井上《いのうえ》は、英治《えいじ》の言《い》うことが信《しん》じられなかった。

「キッチンのカレンダーに書《か》いてあったのさ」

「あのカレンダーは、わたしたち以外《いがい》は見《み》ることができませんが……、あ、そうか！」

「そうだよ。おれの顔《かお》に見覚《みおぼ》えがあるだろう？」

井上《いのうえ》は、その少年《しょうねん》の顔《かお》をまじまじと見《み》た。

「きみだったか……」

「思《おも》い出《だ》したかい。毎日食材《まいにちしょくざい》を届《とど》けに行《い》ってたスーパーのアルバイトさ。あんたにも一度捕《いちどつか》まえられて、えらそうなおっさんがいる部屋《へや》に連《つ》れていかれたよ」

佐竹《さたけ》という少年《しょうねん》にそう言《い》われて、井上《いのうえ》は大《おお》きくうなずいた。

「やっぱりそういうことだったのか。しかし、そんなことを思《おも》いつくなんて、あなた方《がた》はどういう組織《そしき》に属《ぞく》しているんですか？」

「それは、人《ひと》には言《い》えない秘密組織《ひみつそしき》だ」

佐竹《さたけ》が言《い》ったとたん、全員《ぜんいん》が腹《はら》を抱《かか》えて大笑《おおわら》いしたが、井上《いのうえ》には何《なん》のことかわからない。きょとんとしていると、

「そうさ。おれたちは、『ぼくら』という秘密組織《ひみつそしき》だ」

太《ふと》った日比野《ひびの》という少年《しょうねん》がつづけて、みんなはいっそう笑《わら》いだした。

「あんたも、おれたちのところにいれば安全《あんぜん》だ」

安永《やすなが》という少年《しょうねん》が言《い》った。

この少年《しょうねん》も見《み》たことがある。いったいどういう組織《そしき》なんだろう。頭《あたま》が混乱《こんらん》した井上《いのうえ》は、

「ぜひお願《ねが》いします」

と、素直《すなお》に頭《あたま》を下《さ》げた。

「それには一つ条件《じょうけん》がある」

「何《なん》でしょうか？」

「何《なに》か手柄《てがら》が必要《ひつよう》だ」

安永《やすなが》に言《い》われた井上《いのうえ》は、

「手柄《てがら》って、何《なに》をしたらいいんですか？」

ときいた。

「それはこれから教《おし》える。それが成功《せいこう》したら、おれたちの仲間《なかま》に入《い》れてあげるよ」

「それは難《むずか》しいことですか？」

井上《いのうえ》は安永《やすなが》の顔《かお》を見《み》た。

「あんたにとっては簡単《かんたん》なことだ」

「それならやります」

井上《いのうえ》はつい言《い》ってしまった。

「では、おれからの指示《しじ》を待《ま》ってくれ」

安永《やすなが》が言《い》った。

3

九時《じ》にアジトを出《で》た引《ひ》っ越《こ》し屋《や》のトラックは、十時《じ》に新居《しんきょ》に着《つ》いた。引《ひ》っ越《こ》し屋《や》には、日比野《ひびの》だけでは頼《たよ》りないということで、谷本《たにもと》ももぐりこむことになった。

作業員《さぎょういん》に化《ば》けた二人《ふたり》は、積《つ》んできた荷物《にもつ》をトラックからおろし、運《はこ》びこみをはじめた。

子《こ》ども四人《にん》と貢《みつぐ》は、トラックに乗《の》せるわけにはいかないので、後《あと》から、マックが乗用車《じょうようしゃ》に乗《の》せて連《つ》れてくることになっている。

英治《えいじ》たちには、そのことがわかっていたので、引《ひ》っ越《こ》しのトラックの後《うし》ろを二台《だい》の車《くるま》でつけた。

おんぼろ車《ぐるま》を操縦《そうじゅう》するのは矢場《やば》。もう一台《だい》は奪《うば》い返《かえ》した子《こ》どもを乗《の》せるためのワゴン車《しゃ》で、こちらは貢《みつぐ》の父親《ちちおや》が運転《うんてん》している。

二台《だい》は、途中《とちゅう》で道《みち》のわきに駐車《ちゅうしゃ》して、子《こ》どもを乗《の》せてやってくる組織《そしき》の車《くるま》を待《ま》ちぶせた。

しかし、これだけでは見失《みうしな》うといけないので、それより手前《てまえ》で天野《あまの》と井上《いのうえ》が見《み》はりをやって、子《こ》どもを乗《の》せた車《くるま》がやってきたら、すぐに待《ま》ちぶせている二台《だい》の車《くるま》に連絡《れんらく》する手《て》はずを整《ととの》えた。

引《ひ》っ越《こ》しのトラックが過《す》ぎて十分《ぶん》ほどすると、井上《いのうえ》が、

「今通《いまとお》ったのがそうです。青《あお》のアウディのバン。ナンバーはXX－XXです」

と、天野《あまの》に言《い》った。天野《あまの》はすぐに車種《しゃしゅ》とナンバーを、待《ま》ちぶせている二台《だい》の車《くるま》に知《し》らせた。

二台《だい》の車《くるま》はゆっくりと発進《はっしん》して、青《あお》のアウディが来《く》るのを待《ま》った。数分《すうふん》ほどすると、アウディがやってきたので、矢場《やば》が強引《ごういん》にその前《まえ》に割《わ》りこんだ。

その直後《ちょくご》、矢場《やば》のおんぼろ車《ぐるま》が急停車《きゅうていしゃ》したので、アウディは避《よ》けるまもなく追突《ついとつ》した。

矢場《やば》はゆっくり運転席《うんてんせき》から降《お》りると、アウディに近《ちか》より、

「何《なん》てことをしてくれるんだ。道路脇《どうろわき》に車《くるま》を寄《よ》せてくれ」

と言《い》った。

運転《うんてん》していた外国人《がいこくじん》は、しぶしぶそれに従《したが》った。

「名前《なまえ》を教《おし》えてくれ」

矢場《やば》が運転席《うんてんせき》に顔《かお》を突《つ》っこんで言《い》った。

「マックだ」

「おれは矢場《やば》だ」

矢場《やば》は免許証《めんきょしょう》をマックに見《み》せた。

「きみも免許証《めんきょしょう》を見《み》せろ」

「わたしは急《いそ》いでいる。マネーで話《はなし》をつけよう」

マックが言《い》った。

「だめだ。警察《けいさつ》を呼《よ》ぶから外《そと》に出《で》ろ」

マックがそれを拒否《きょひ》したので、矢場《やば》はドアを開《あ》けて、マックを車《くるま》から引《ひ》きずりだした。

すると、英治《えいじ》が貢《みつぐ》の父親《ちちおや》といっしょにやってきて、

「何《なに》があったんですか？」

ときいた。

「こいつに追突《ついとつ》されたんだ。今《いま》警察《けいさつ》を呼《よ》ぶところだ」

矢場《やば》が言《い》うと、

「おまえが割《わ》りこんできて、急停車《きゅうていしゃ》するから悪《わる》いんだ」

マックがどなった。

「どちらが悪《わる》いか、警察《けいさつ》を呼《よ》べばわかる」

英治《えいじ》はそう言《い》うと、後部座席《こうぶざせき》をのぞいた。

「あれ？　中《なか》に子《こ》どもが五人《にん》もいるじゃないか。しかも一人《ひとり》は、四日前《よっかまえ》にいなくなったおれの知《し》り合《あ》いだ。なぜその子《こ》がここにいるんだ？　おかしいじゃないか」

「この子《こ》たちは関係《かんけい》ない」

マックが言《い》った。

「アッシー、早《はや》く出《で》てこい」

英治《えいじ》が叫《さけ》んだが、貢《みつぐ》は微動《びどう》だにしない。

「貢《みつぐ》、来《こ》い」

父親《ちちおや》が話《はな》しかけても貢《みつぐ》は知《し》らん振《ぶ》りをしている。

「父《とう》さんがわからないのか？」

父親《ちちおや》がそう言《い》っても、貢《みつぐ》は全然反応《ぜんぜんはんのう》しない。

「子《こ》どもに話《はな》しかけるな」

マックがどなった。

「なんでもいいから出《だ》せ。これはおれの息子《むすこ》なんだ」

マックが父親《ちちおや》の剣幕《けんまく》に一瞬《いっしゅん》ひるんだ。そのすきに、英治《えいじ》は車《くるま》から貢《みつぐ》ともう一人《ひとり》の少年《しょうねん》を外《そと》に連《つ》れだした。

「よし行《い》こう」

英治《えいじ》と父親《ちちおや》が、貢《みつぐ》とその少年《しょうねん》の手《て》を引《ひ》っぱったが、二人《ふたり》ともそれを拒否《きょひ》した。

「何《なに》をするんだ。おまえたちはだれだ？」

マックがわめいた。

「おれはこの子《こ》の父親《ちちおや》だと言《い》ったろう」

「でたらめ言《い》うな」

すると、そこに相原《あいはら》と安永《やすなが》がやってきて、二人《ふたり》の少年《しょうねん》の手《て》をつかむと、腕《うで》ずくで連《つ》れていってしまった。

「おい、二人《ふたり》をどうするつもりだ」

マックが追《お》いかけようとしたが、英治《えいじ》と貢《みつぐ》の父親《ちちおや》に制止《せいし》され、どなり散《ち》らすしかなくなった。だが、すぐに警官《けいかん》がやってきたのでマックは黙《だま》ってしまった。

「どうしたんですか？」

警官《けいかん》がきいた。

「この外国人《がいこくじん》に追突《ついとつ》されました」

矢場《やば》がそう言《い》うと、マックは、

「無理《むり》に入《はい》りこまれたんです」

と言《い》った。

それから警官《けいかん》は、事務的《じむてき》に処理《しょり》を行《おこな》ったが、マックは子《こ》どものことには一切《いっさい》触《ふ》れなかった。

それは英治《えいじ》たちも同様《どうよう》だった。まだ全員《ぜんいん》を救出《きゅうしゅつ》できていない段階《だんかい》で、相手《あいて》を刺激《しげき》しない方《ほう》がいいと思《おも》ったからだ。

子《こ》どもたちも黙《だま》っていたので警官《けいかん》は何《なに》も気《き》づかず、事故処理《じこしょり》だけして帰《かえ》っていった。

おんぼろ車《ぐるま》が行《い》ってしまった後《あと》、マックは茫然《ぼうぜん》としていたが、気《き》を取《と》り直《なお》したのか、しばらくすると車《くるま》を発進《はっしん》させた。

4

マックが新居《しんきょ》に着《つ》いたとき、引《ひ》っ越《こ》しはほとんど終《お》わっていた。

「遅《おそ》かったじゃないか。何《なに》をもたもたしていたんだ」

内田《うちだ》に言《い》われて、マックは、

「もうしわけありません。途中《とちゅう》で事故《じこ》に遭《あ》いました」

と、頭《あたま》を下《さ》げた。

「事故《じこ》だって？　子《こ》どもたちは無事《ぶじ》か？」

「子《こ》どもを二人《ふたり》、奪《うば》われました」

マックは蚊《か》の鳴《な》くような声《こえ》で言《い》った。

「奪《うば》われた？」

内田《うちだ》がものすごい形相《ぎょうそう》でにらみつけてきた。

「急《きゅう》に割《わ》りこんできたボロ車《ぐるま》に追突《ついとつ》してしまい、そのどさくさにやられました」

マックが言《い》ったとたん、

「バカ者《もの》！」

内田《うちだ》がどなった。

「相手《あいて》はだれだ？」

村上《むらかみ》がきいた。

「中学生《ちゅうがくせい》くらいの少年《しょうねん》と貢《みつぐ》の父親《ちちおや》を名乗《なの》る男《おとこ》でした。それと、最後《さいご》にもう二人《ふたり》」

「貢《みつぐ》の父親《ちちおや》だって？　おまえはそんなでたらめを信《しん》じたのか？」

「信《しん》じていませんが、そうこうしているうちに警官《けいかん》が来《き》て、事故《じこ》のやり取《と》りをしている間《あいだ》に逃《に》がしてしまいました」

「警察《けいさつ》に免許証《めんきょしょう》を見《み》せたのか？」

「見《み》せろと言《い》うから見《み》せました」

「なんでごまかさなかったんだ？」

リチャードが横《よこ》からどなった。

「すみません。わたしのミスです」

「すみませんですむか。後《あと》で警察《けいさつ》から呼《よ》びだしが来《く》るぞ。どうする？」

リチャードに言《い》われて、

「どうしたらいいですか？」

と、マックは逆《ぎゃく》にきいた。

「そんなこと、おれが知《し》るか」

リチャードは切《き》れそうになった。

「せっかくの人質《ひとじち》を奪《うば》われて、どうするつもりだ？」

内田《うちだ》が言《い》った。

マックがおどおどしていると、

「それをおれに言《い》わせるのか？」

内田《うちだ》がデスクをたたいて激高《げきこう》した。

「しかし、われわれの敵《てき》はただ者《もの》ではありません」

マックが言《い》ったとたん、

「おまえはクビだ」

内田《うちだ》は、突然《とつぜん》言《い》いはなった。

「許《ゆる》してください」

マックは内田《うちだ》に泣《な》きついた。

「だめだ。直《ただ》ちにここから出《で》ていけ」

内田《うちだ》にどなられて、マックはしおしおと新居《しんきょ》から出《で》ていこうとした。

「ボス、待《ま》ってください。お怒《いか》りになるのはわかりますが、今《いま》マックをクビにしてはこちらの戦力《せんりょく》が足《た》りなくなります。わたしに免《めん》じて、今回《こんかい》だけは許《ゆる》してやってください」

リチャードが必死《ひっし》に頼《たの》んだので、

「では、今回《こんかい》ばかりは許《ゆる》すが、もう一度《いちど》こんなドジをしたら絶対《ぜったい》に許《ゆる》さんからな」

内田《うちだ》が渋《しぶ》い顔《かお》で言《い》った。

「ありがとうございます」

マックは深々《ふかぶか》と頭《あたま》を下《さ》げた。

「中学生《ちゅうがくせい》を使《つか》って子《こ》どもを奪《うば》うなんて、とんでもない敵《てき》です。今日《きょう》、人質《ひとじち》の貢《みつぐ》と、連《つ》れていかれた二人《ふたり》の子《こ》どもを交換《こうかん》することになっていたのに、これではできなくなってしまいました」

「じゃあ、このまま放《ほう》っておくつもりか？」

内田《うちだ》はリチャードの顔《かお》をにらみつけた。

「いいえ、午後《ごご》二時《じ》に貢《みつぐ》の家《いえ》に電話《でんわ》します」

「電話《でんわ》してどうするんだ？」

「あいつらが子《こ》どもを奪《うば》うのは、われわれと同《おな》じようなことをしようとしているからだと思《おも》います」

「ハッカーの養成《ようせい》か？」

「ええ。だから、ここで戦《たたか》うのはおたがいにとって良《よ》くないと言《い》って、共闘《きょうとう》を申《もう》しこみます」

「敵《てき》と手《て》を結《むす》ぶというのか？」

「この際《さい》、それがベストの方策《ほうさく》だと思《おも》います」

「しかし、乗《の》ってくるか？」

「必《かなら》ず乗《の》せてみせます」

「それでは、おまえに任《まか》せる」

内田《うちだ》が言《い》った。

5

午後二時《ごごじ》。

リチャードは、『フィレンツェ』に電話《でんわ》をかけた。

『ぴったりね』

いきなり女《おんな》の声《こえ》がした。

「貢《みつぐ》のボスか？」

『そうよ。彼《かれ》は取《と》りもどしたわ。よくもかわいがってくれたわね。でも、おかげであなたたちのことがよくわかったわ』

「きみらには負《ま》けたよ」

『あら素直《すなお》ね。それじゃあ、残《のこ》った三人《にん》も渡《わた》しなさい』

「それはできない。彼《かれ》らをここまで育《そだ》てるのに、どれだけわれわれが苦労《くろう》したと思《おも》う？」

『そんなの関係《かんけい》ないわ。三人《にん》も解放《かいほう》しなさい』

「なめたことを言《い》うな」

リチャードはわざと声《こえ》を荒《あら》げた。

『ずいぶん威勢《いせい》がいいな。どんなにいばってみせても、おまえたちのことはみんなお見通《みとお》しだぞ』

受話器《じゅわき》の向《む》こうから男《おとこ》の声《こえ》がした。この女《おんな》の上《うえ》に、さらにボスがいるのかもしれない。

『渡《わた》さなければもらいに行《い》くわよ』

「勇《いさ》ましいお嬢《じょう》さんだな。それより、われわれと手《て》を組《く》まないか？　争《あらそ》うよりその方《ほう》がお互《たが》いに得《とく》だ」

『あなた、わたしたちを何者《なにもの》だと思《おも》ってるの？　まさか同《おな》じような組織《そしき》だと思《おも》ってるんじゃないでしょうね？』

「そうじゃないのか？　同《おな》じ穴《あな》のむじなだということはわかってるんだ。けんかはやめよう」

『わたしたちをそんなふうに思《おも》ってるとしたら大《おお》きな間違《まちが》い。その反対《はんたい》よ。わたしたちはあなたたちみたいなワルをやっつけるのが仕事《しごと》なんだから』

「そんなこと言《い》っても信《しん》じない。おまえたちとわれわれの目的《もくてき》は同《おな》じだ。手《て》を組《く》もう」

『わたしの仕事《しごと》は、あなたのところにまだ残《のこ》されている三人《にん》を取《と》りかえすことなの』

有季《ゆうき》が言《い》うと、リチャードは思《おも》わず笑《わら》いだした。

『笑《わら》いごとじゃないわ。今日《きょう》、三人《にん》をもらいに行《い》くから用意《ようい》しておいて』

「おまえ、気《き》はたしかか？」

『たしかよ』

「ばかばかしくて話《はなし》にならん」

リチャードは電話《でんわ》を切《き》ると、内田《うちだ》にその内容《ないよう》を話《はな》した。

「なかなか言《い》うじゃないか。その女《おんな》は今日《きょう》、ここにいる三人《にん》を奪《うば》いにくると言《い》ったのか？」

内田《うちだ》が真顔《まがお》できいた。

「小娘《こむすめ》が、わたしをからかいやがって」

リチャードは切《き》れそうになりながら、うなずいた。

「その女《おんな》、貢《みつぐ》のボスだと言《い》ったな」

「はい、そう言《い》いました」

「もしかして、おまえをわざと怒《おこ》らせようとしたんじゃないか。おれはそんな気《き》がする」

たしかにあの話《はな》しぶりは、意識的《いしきてき》にリチャードを挑発《ちょうはつ》しようとしただけかもしれない。

「では、実際《じっさい》は来《こ》ないんでしょうか？」

「来《く》ると思《おも》わせて、こちらを慌《あわ》てさせるのが目的《もくてき》ではないか。連中《れんちゅう》の手《て》に乗《の》ってはならん」

内田《うちだ》にそう言《い》われると、リチャードはそんな気《き》がしてきた。


有季《ゆうき》の電話《でんわ》での会話《かいわ》は、電話《でんわ》をスピーカーフォンにしていたので、その場《ば》にいた英治《えいじ》たちにも筒抜《つつぬ》けだった。

「有季《ゆうき》、うまくやったな」

矢場《やば》が有季《ゆうき》をほめると、

「矢場《やば》さんもボスらしかったわ」

と言《い》った。

「新居《しんきょ》に大人《おとな》は何人《なんにん》いる？」

矢場《やば》が井上《いのうえ》にきいた。

「内田《うちだ》を入《い》れて四人《にん》のはずです」

「本当《ほんとう》に今夜《こんや》やるつもり？」

純子《じゅんこ》がきいた。

「もちろん、そのつもりだ」

英治《えいじ》が言《い》った。

「わたしはまだかと思《おも》った。だって、ああ言《い》えば敵《てき》は警戒《けいかい》するから」

「警戒《けいかい》させるのがこっちの手《て》だ」

「じゃ、どうやって三人《にん》を奪《うば》いかえすの？」

「相手《あいて》をあっと言《い》わせるいたずらを仕《し》かける」

英治《えいじ》がニヤッとわらうと、

「これからが本番《ほんばん》だな」

谷本《たにもと》が言《い》った。

「何《なに》を仕《し》かけたんだ？」

天野《あまの》がきくと、

「おばけだ」

日比野《ひびの》が答《こた》えた。

「おばけ？　あいつらはＡＩ《エーアイ》のプロなんだろ。そんな非科学的《ひかがくてき》なものに驚《おどろ》くとは思《おも》えないな」

立石《たていし》が言《い》った。

「でも、いくらあいつらだって、今《いま》までにおばけは見《み》たことがないだろう」

日比野《ひびの》が言《い》った。

「おれだって見《み》たことないよ。どんなおばけなんだ？」

「おばけといっても、そんじょそこらにあるものじゃない。谷本《たにもと》が作《つく》った本邦初公開《ほんぽうはつこうかい》ＶＲ《ブイアール》のおばけだ」

「ＶＲ《ブイアール》って、バーチャルリアリティーのおばけってこと？」

久美子《くみこ》がきくと、

「うん。おれも見《み》ていないけど、ド迫力《はくりょく》のものらしいぜ」

安永《やすなが》が言《い》った。

「あの家《いえ》の電気《でんき》が急《きゅう》に消《き》えるんだ。どうしたんだろうと思《おも》っていると、そこに恐《おそ》ろしい姿《すがた》をした、巨大《きょだい》なおばけがあらわれるんだ。これは本物《ほんもの》よりすごいぞ」

日比野《ひびの》は怪談《かいだん》でも話《はな》すように、おそろしい顔《かお》をした。

「そんなこと言《い》うけど、おまえ、本物《ほんもの》のおばけ見《み》たことあるのか？」

佐竹《さたけ》が疑《うたが》わしげにきくと、

「見《み》たことない。みんなだってそうだろ」

日比野《ひびの》は正直《しょうじき》に言《い》った。

「しかし、おばけとは驚《おどろ》いた。谷本《たにもと》って、とんでもないものを作《つく》るんだな。おれたちも見《み》たいよ」

柿沼《かきぬま》が天野《あまの》に言《い》った。すると日比野《ひびの》が、

「見《み》たら腰《こし》を抜《ぬ》かすって」

と言《い》った。

「日比野《ひびの》は見《み》たのか？」

天野《あまの》がきいた。

「おれは見《み》た。見《み》たら、だれでもショックでしばらく動《うご》けなくなるぞ」

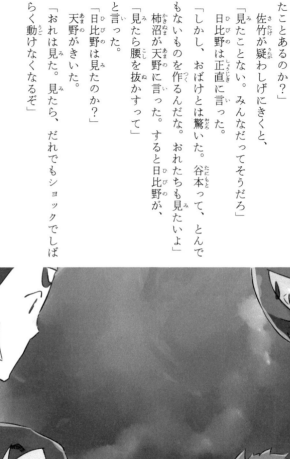

「そんなおばけなら、動《うご》けなくなってもいいから、見《み》たい、見《み》たい」

ひとみと純子《じゅんこ》が、だだをこねるように言《い》った。

「今《いま》はだめだ。あの家《いえ》に仕《し》かけてあるから。終《お》わったら見《み》せてやるよ」

谷本《たにもと》が言《い》った。

「きっとよ」

「みんな、おばけに気《き》を取《と》られて本当《ほんとう》の目的《もくてき》を忘《わす》れてないか？　やつらがおばけを見《み》てパニックになってるすきに、子《こ》どもたちを救《すく》いだすんだぞ」

英治《えいじ》が言《い》った。

「そのときのやつらの顔《かお》、見《み》てみたいな」

柿沼《かきぬま》はすっかりその気《き》になって喜《よろこ》んでいる。

「子《こ》どもたちを部屋《へや》から外《そと》に出《だ》したら、裏口《うらぐち》から表《おもて》に出《だ》すんだ。その仕《し》かけは引《ひ》っ越《こ》し屋《や》になって新居《しんきょ》に行《い》ったときに、おれと日比野《ひびの》が工作《こうさく》してきたから、だいじょうぶだ」

谷本《たにもと》が言《い》った。

「三人《にん》がいなくなったら、彼《かれ》らはもうそこにいないでしょう？　きっと逃《に》げだすわ」

「そのタイミングで、おれがテレビを使《つか》って大々的《だいだいてき》に放映《ほうえい》する。そうすれば、やつらは奪《うば》いかえされた六人《にん》に手出《てだ》しできなくなる」

矢場《やば》が言《い》った。

「そこまでいけば、おれたちもテレビに出《で》てもいいな」

「それはまずい。おれたちの顔《かお》なんて、出《だ》さない方《ほう》が安全《あんぜん》だ」

相原《あいはら》に言《い》われて、日比野《ひびの》はしゅんとなった。

「そんなことより、今夜《こんや》は決戦《けっせん》だ」

英治《えいじ》に言《い》われて、

「わかってるよ」

と、日比野《ひびの》は大《おお》きくうなずいた。

六章《しょう》　決戦《けっせん》

1

内田《うちだ》は新居《しんきょ》を見《み》てまわった。思《おも》ったより気《き》に入《い》ったが、子《こ》ども用《よう》の部屋《へや》が一室《しつ》しかなかった。

内田《うちだ》はリチャードとその部屋《へや》に入《はい》った。

子《こ》どもたちは、それぞれパソコンに向《む》かっていた。

「みんな、この部屋《へや》で満足《まんぞく》しているか？」

内田《うちだ》が子《こ》どもたちにきくと、三人《にん》がそろって、

「窓《まど》に鉄格子《てつごうし》がないのがうれしいです」

と言《い》った。

「そうか。まだ鉄格子《てつごうし》が間《ま》に合《あ》っていませんでした」

リチャードが言《い》うと、

「鉄格子《てつごうし》なんてまるで囚人《しゅうじん》です。どうしてそんなことしなくてはならないのですか。まさか、ぼくたち

が逃《に》げるとでも思《おも》っているのですか？」

杉江良平《すぎえりょうへい》が言《い》った。

「そういう理由《りゆう》ではない。きみらを守《まも》るためだ」

「だれから守《まも》るんですか？」

「きみたち六人《にん》のうち、三人《にん》が何者《なにもの》かによって奪《うば》われた。残《のこ》ったきみたちだって、いつ狙《ねら》われるかしれない。きみたちはわれわれの宝《たから》なんだ」

「宝《たから》だってさ」

水原《みずはら》こずえが笑《わら》いだした。

「笑《わら》いごとじゃないぞ。今日《きょう》にだって、奪《うば》いにくるかもしれないんだ」

「わたしたちって、そんなに価値《かち》があるんですか？」

「きみたちは気《き》づいてないだろうが、きみたちくらいの才能《さいのう》を持《も》った子《こ》など、世界中《せかいじゅう》どこの大学《だいがく》を探《さが》したって見《み》つからないんだ」

内田《うちだ》はそう言《い》うと、リチャードをつれて部屋《へや》を出《で》た。

「早《はや》く鉄格子《てつごうし》を作《つく》っておけ」

内田《うちだ》がリチャードに言《い》った。

「明日《あした》には作《つく》りますが、子《こ》どもたちの言《い》うことも理解《りかい》できます」

「それは考《かんが》えるな。そんなことより、子《こ》ども用《よう》の部屋《へや》をもう一つ作《つく》れないか？」

「それは、奪《うば》われた三人《にん》を取《と》りかえしてきた時《とき》の部屋《へや》ということですか？」

「一年《ねん》かけて、あそこまで育《そだ》てたんだ。取《と》りかえすのは当然《とうぜん》だろう」

「しかし、この状況《じょうきょう》ではなかなか……」

「それなら、他《ほか》に優秀《ゆうしゅう》な子《こ》どもを三人《にん》以上《いじょう》連《つ》れてくるんだ」

「おっしゃることはわかりますが、今《いま》このタイミングで誘拐《ゆうかい》などの派手《はで》な動《うご》きをするのは危険《きけん》です」

「では、二週間《しゅうかん》だけ時間《じかん》をやる。それまでになんとかするんだ」

「はあ……」

リチャードは答《こた》えに困《こま》った。

「新《あたら》しい子《こ》どもは、連《つ》れてきたところで教育《きょういく》に時間《じかん》がかかる。おまえもそんなことくらい、わかっているだろう？」

「はい、もちろんです。では、最低《さいてい》三人《にん》は連《つ》れてきます」

「いい加減《かげん》な返事《へんじ》をするなよ。期限《きげん》は二週間《しゅうかん》だ。それまでに三人《にん》は必《かなら》ず連《つ》れてこい。でなければ、おまえもクビだ」

内田《うちだ》のがまんも、いよいよ限界《げんかい》に近《ちか》づいているようだ。

「承知《しょうち》しました」

「ただし、警察《けいさつ》にばれたら元《もと》も子《こ》もないからな。わかっているな?」

「はい。そんなへまはやりません」

リチャードは、マックと村上《むらかみ》にもよく言《い》っておこうと思《おも》った。

村上《むらかみ》はいいとしても、問題《もんだい》はマックだ。

あの男《おとこ》は、今回《こんかい》の失敗《しっぱい》を取《と》りかえそうと焦《あせ》っているから危険《きけん》だ。この上《うえ》、ミスされたら、内田《うちだ》のことだ。本当《ほんとう》にリチャードもクビにされるだろう。

それにしても、人質《ひとじち》の貢《みつぐ》を奪《うば》われたのは痛《いた》かった。本来《ほんらい》なら今日《きょう》の人質交換《ひとじちこうかん》で、計画《けいかく》していたことがあったのに。だが、マックのドジもさることながら、敵《てき》の作戦《さくせん》も鮮《あざ》やかだった。この先《さき》も相手《あいて》をしなくてはならないと考《かんが》えただけで空恐《そらおそ》ろしくなる。

今夜《こんや》、残《のこ》りの三人《にん》の子《こ》どもを奪《うば》いにくるという予告《よこく》も、ハッタリではないかもしれない。

リチャードはすっかり弱気《よわき》になった。

2

杉江良平《すぎえりょうへい》、松野靖之《まつのやすゆき》、水原《みずはら》こずえの三人《にん》は新居《しんきょ》に引《ひ》っ越《こ》してから、なんとなく落《お》ち着《つ》かなかった。

その原因《げんいん》が、六人《にん》いた仲間《なかま》が三人《にん》になってしまったからだということはわかっている。

「いなくなった三人《にん》はどうしたのかな?」

こずえがぽつりと言《い》った。

「真美《まみ》と裕弥《ゆうや》は高尾山《たかおさん》でいなくなった。卓《たく》はここへ来《く》る途中《とちゅう》でさらわれた」

「いったい、だれがあの三人《にん》をさらったんだ？」

良平《りょうへい》が言《い》ったが、

「きいたけど、教《おし》えてくれなかった」

靖之《やすゆき》が言《い》った。

「だれかにさらわれたということは、監禁《かんきん》されているに違《ちが》いないわ」

「さらったのはどこかの組織《そしき》かな？　そいつらはどういう組織《そしき》なんだ。この次《つぎ》は、ぼくらのだれかがやられるってことか？」

「良平《りょうへい》くん、そんなこと言《い》うけど、さらわれたいの？」

こずえがきいた。

「いやだよ、さらわれるなんて。だけど、ぼくらだって、その心配《しんぱい》はあるんじゃないの？」

良平《りょうへい》はこのところ元気《げんき》がない。

「そんなこと、ぼくらがいくら考《かんが》えたって、防《ふせ》げることじゃない」

靖之《やすゆき》が言《い》った。

「ぼく、このごろ毎晩夢《まいばんゆめ》を見《み》るんだ」

「どんな夢《ゆめ》だ？」

靖之《やすゆき》がきいた。

「それが遊園地《ゆうえんち》に行《い》く夢《ゆめ》なんだ。これまで一度《いちど》も見《み》たことなかったのに。だから、なんだか急《きゅう》に遊園地《ゆうえんち》に行《い》きたくなった。毎日《まいにち》コンピューターばかりやってるからかな」

「それはちょっと問題《もんだい》だな。井上《いのうえ》さんに相談《そうだん》してみようか」

「井上《いのうえ》さん、辞《や》めたらしいわよ」

「そうか、それで最近見《さいきんみ》かけなくなったんだ。どうして辞《や》めたんだ？」

「それは高尾山《たかおさん》で、真美《まみ》と裕弥《ゆうや》くんを奪《うば》われたからみたい」

「井上《いのうえ》さんのせいだったの？」

「そうきいたけど、本当《ほんとう》かどうかは……」

「それ、だれからきいた？」

「リチャードが言《い》ってた」

「ぼくリチャードはきらいだよ。あいつには相談《そうだん》したくない。それより、ぼくらはどうしてここにいるのかな。それを考《かんが》えちゃうんだ」

良平《りょうへい》がこんなことを言《い》うのははじめてだ。

「良平《りょうへい》くんがそう考《かんが》えるのは仲《なか》のいい卓《たく》くんがいなくなったからでしょう。少《すこ》し疲《つか》れているのよ」

こずえに見《み》ぬかれて、良平《りょうへい》は言葉《ことば》が出《で》なかった。

「ぼくは夢《ゆめ》なんて見《み》ない。こずえは見《み》るか？」

この中《なか》で一番《いちばん》素直《すなお》な性格《せいかく》の靖之《やすゆき》が言《い》った。

「わたしが最近《さいきん》よく見《み》る夢《ゆめ》は真美《まみ》ね。なんだかすごく楽《たの》しそうに遊《あそ》んでるの」

「そうか。二人《ふたり》とも、仲間《なかま》が三人《にん》だけになったからさびしくなっちゃってるんだな」

そうかな。

靖之《やすゆき》の言葉《ことば》を聞《き》きながら、こずえはそう思《おも》った。

「靖之《やすゆき》は、なんでここにいるか、考《かんが》えたことある？」

良平《りょうへい》がきいた。

「それはコンピューターの勉強《べんきょう》をするために、ぼくたちは選《えら》ばれたんだ。今《いま》ごろなんでそんなこと言《い》うんだ？」

靖之《やすゆき》が言《い》った。

「ぼくも今《いま》までそう思《おも》っていたけれど、三人《にん》がいなくなってからわからなくなってきた」

「ぼくらはエリートなんだ。世《よ》の中《なか》はぼくらが変《か》えるんだ。これってすばらしいことじゃないか」

「そう言《い》われてたしかにすばらしいことだと思《おも》った。しかし」

「それでいいじゃないか。何《なに》がしかしなんだ？」

「それなら、なぜぼくらはこんなところでかくれて生《い》きなくちゃならないんだ？　まるで悪《わる》いことでもしてるみたいじゃないか」

「そうじゃない。それは、ぼくらを狙《ねら》っているやつがいるからだ。現《げん》に三人《にん》がさらわれたじゃないか」

「本当《ほんとう》にそういう理由《りゆう》なのかな？　なんだか疑《うたが》わしくなってきた」

「良平《りょうへい》は医者《いしゃ》に診《み》てもらった方《ほう》がいい」

靖之《やすゆき》が言《い》うと、

「ぼくは病気《びょうき》じゃない」

良平《りょうへい》は強《つよ》い調子《ちょうし》で言《い》った。

3

その日《ひ》、良平《りょうへい》、靖之《やすゆき》、こずえの三人《にん》はリチャードから、

「今夜《こんや》、何《なに》かあるかもしれないから用心《ようじん》しろ」

と言《い》われていたが、その夜《よる》がやってきた。

三人《にん》は、夕食《ゆうしょく》を終《お》えると自分《じぶん》たちの部屋《へや》に戻《もど》った。

夜《よる》九時《じ》。

いつもなら平気《へいき》で起《お》きている時間《じかん》なのに、良平《りょうへい》は、なんとなく眠《ねむ》くなってベッドに入《はい》った。

「こんなに早《はや》く寝《ね》るのか。こずえだって起《お》きてるぞ」

パソコンに向《む》かっていた靖之《やすゆき》が声《こえ》をかけた。

「うん、なんとなく眠《ねむ》いんだ」

良平《りょうへい》は目《め》を閉《と》じると、いつの間《ま》にか眠《ねむ》ってしまった。

それからしばらくして、

「うぎゃー!」

という声《こえ》に起《お》こされた。良平《りょうへい》は目《め》を開《あ》けたが、まわりは真《ま》っ暗《くら》だった。

「何《なん》だ? 今《いま》の」

まだ起《お》きていた靖之《やすゆき》にきいた。

「さっき突然《とつぜん》、電気《でんき》が落《お》ちたんだけど、今《いま》の声《こえ》はなんだろうな」

「停電《ていでん》か?」

「わからない」

すると、ふたたび、

「助《たす》けてー」

「おばけー」

という悲鳴《ひめい》が聞《き》こえた。

「どうしたの？」

今度《こんど》は、こずえが目《め》を覚《さ》ました。

「あれは、リチャードたちの声《こえ》だ」

「おばけー、とか言《い》って、女《おんな》の子《こ》みたいな声出《こえだ》してたぞ」

良平《りょうへい》と靖之《やすゆき》がくすくす笑《わら》いはじめると、

「やだあ。こわいわ」

臆病《おくびょう》なこずえが声《こえ》をあげた。

「でも、あののびり方《かた》は、本当《ほんとう》におばけが出《で》たのかな？」

良平《りょうへい》は、なんとなく窓《まど》のカーテンに目《め》をやった。

すると、薄明《うすあ》かりの中《なか》にぼんやりとした映像《えいぞう》が見《み》えたが、それが何《なに》かはわからなかった。

「窓《まど》を見《み》てみろ。何《なに》かが見《み》えないか？」

良平《りょうへい》が言《い》ったとたん、

「おばけだあ！」

と、こずえが叫《さけ》んだ。

「おばけなんかいるか」

笑《わら》いとばす靖之《やすゆき》の目《め》の前《まえ》で、良平《りょうへい》がカーテンを開《あ》けた。窓《まど》に人《ひと》の姿《すがた》が揺《ゆ》らいでいるように見《み》えた。それは最初《さいしょ》に見《み》たときよりも、はっきりしてきていた。

「窓《まど》から何《なに》かがこっちを見《み》てる。あ、こっちへ来《く》る。おばけだあ」

「そんなばかな」

靖之《やすゆき》の言葉《ことば》が凍《こお》りついた。

いつの間《ま》にか窓《まど》が開《あ》いて、外《そと》から冷《つめ》たい風《かぜ》が吹《ふ》きこんできた。この窓《まど》は開《あ》かないはずなのに。

「どうして窓《まど》が開《あ》いたんだ？」

良平《りょうへい》は声《こえ》がふるえた。

「こちらにおいで」

良平《りょうへい》には影《かげ》が手招《てまね》きしているように見《み》えた。

すると、無意識《むいしき》に体《からだ》が動《うご》いて、いつの間《ま》にか窓際《まどぎわ》のところにいた。

「良平《りょうへい》くん、どこに行《い》くの？」

こずえも、つられたかのように良平《りょうへい》の後《うし》ろについていた。

良平《りょうへい》の手《て》をだれかがつかんでいる。良平《りょうへい》はその手《て》に引《ひ》っぱられて、とうとう窓《まど》から外《そと》に出《で》て、庭《にわ》に降《お》りてしまった。

振《ふ》り向《む》くと、こずえもいた。

それから間《ま》もなく、靖之《やすゆき》も窓《まど》の外《そと》に出《で》てきた。

三人《にん》は正体《しょうたい》のわからないだれかに手《て》を引《ひ》かれたまま、塀《へい》の外《そと》へ出《で》た。

そして、闇《やみ》の中《なか》に消《き》えた。

4

パソコンに向《む》かっていた内田《うちだ》は突然《とつぜん》の停電《ていでん》で、すぐにリチャードのケータイに電話《でんわ》した。リチャードは眠《ねむ》っていたらしく、電話《でんわ》に出《で》るまでしばらく間《ま》があった。

「停電《ていでん》だ。みんなを起《お》こして何《なに》か異常《いじょう》がないか、すぐに調《しら》べろ」

リチャードは、同《おな》じ部屋《へや》で寝《ね》ているマックと村上《むらかみ》を起《お》こした。

二人《ふたり》とも半分寝《はんぶんね》ぼけている。

「夜中《よなか》なんだから、停電《ていでん》だっていいじゃないですか」

マックが文句《もんく》を言《い》った。

「とにかく何《なに》か変《か》わったことはないか調《しら》べろ。ボスの命令《めいれい》だ」

二人《ふたり》はしぶしぶベッドから降《お》りると、ドアを開《あ》けて廊下《ろうか》へ出《で》た。すると、廊下《ろうか》の向《む》こうに影《かげ》みたいなものが揺《ゆ》らいでいるのが見《み》えた。

「何《なん》でしょうか、あれは？」

村上《むらかみ》が指《ゆび》をさしたあたりに、人影《ひとかげ》のようなものが立《た》っている。

「そばまで行《い》って、たしかめてこい」

リチャードに言《い》われて、村上《むらかみ》とマックの二人《ふたり》は慎重《しんちょう》に、暗闇《くらやみ》に包《つつ》まれた廊下《ろうか》を歩《ある》きはじめた。

すると、突然《とつぜん》、その影《かげ》が巨大化《きょだいか》した。

「うぎゃー！」

二人《ふたり》は思《おも》わず大声《おおごえ》を出《だ》した。

巨大化《きょだいか》した影《かげ》は、長《なが》い髪《かみ》を垂《た》らし、そのすき間《ま》から血《ち》だらけの恐《おそ》ろしい形相《ぎょうそう》をのぞかせて、二人《ふたり》に襲《おそ》いかかってきた。なんだか卵《たまご》のくさったようなにおいまでする。

焦《あせ》った二人《ふたり》は、走《はし》って逃《に》げだそうとしたが、いつの間《ま》にか塗《ぬ》られていた床《ゆか》の油《あぶら》に足《あし》をとられて、派手《はで》に転《ころ》んでしまった。

「助《たす》けてー」

「おばけー」

腰《こし》が抜《ぬ》けてしまって、動《うご》くことができない二人《ふたり》の声《こえ》を聞《き》いて、リチャードも懐中電灯《かいちゅうでんとう》を持《も》って廊下《ろうか》に出《で》た。

異様《いよう》なにおいが鼻《はな》を突《つ》き、一瞬《いっしゅん》立《た》ち止《ど》まったリチャードに、巨大《きょだい》なおばけが襲《おそ》ってきた。

「うわー」

おばけからは、ひんやりとした液体《えきたい》まで滴《したた》りおちている。

リチャードは滑《すべ》る廊下《ろうか》を必死《ひっし》で駆《か》けだしたが、

「いてえー」

その先《さき》に敷《し》きつめられていた一面《いちめん》の画《が》びょうを思《おも》いっきり踏《ふ》みつけて、倒《たお》れこんでしまった。

「そうだ。子《こ》どもが危《あぶ》ない！」

リチャードは、有季《ゆうき》に言《い》われた言葉《ことば》を思《おも》いだして必死《ひっし》に立《た》ちあがると、足《あし》を引《ひ》きずりながら、子《こ》ども部屋《べや》へ向《む》かった。

やっとの思《おも》いでたどりついたリチャードは、懐中電灯《かいちゅうでんとう》を室内《しつない》に向《む》けたが、子《こ》どもたちの姿《すがた》はどこにもなく、窓《まど》が開《あ》け放《はな》たれていた。

「しまった。子《こ》どもが連《つ》れていかれた」

部屋《へや》に入《はい》ったリチャードは、すぐに窓《まど》から飛《と》びおりた。

しかし、そこには猪獲《いのししと》り用《よう》のワナが仕《し》かけてあり、それががっちり足首《あしくび》に食《く》いこんで、身動《みうご》きが取《と》れなくなった。

「助《たす》けてくれ」

と、叫《さけ》んだが、だれも来《く》る者《もの》はいない。

内田《うちだ》は、リチャードがいくら待《ま》ってもあらわれないのが変《へん》だと思《おも》ったので、ドアを開《あ》けて廊下《ろうか》に出《で》た。

暗闇《くらやみ》の中《なか》に立《た》ちこめる硫黄《いおう》のようなにおいに、思《おも》わずうっとなったが、懐中電灯《かいちゅうでんとう》で照《て》らしてみると、息《いき》も絶《た》え絶《だ》えに廊下《ろうか》に転《ころ》がっている、村上《むらかみ》とマックの姿《すがた》が目《め》に入《はい》った。

「どうしたんだ？」

内田《うちだ》は二人《ふたり》に近《ちか》づこうと廊下《ろうか》に一歩《いっぽ》出《で》た瞬間《しゅんかん》、すべって転《ころ》んで、思《おも》いっきり腰《こし》を打《う》った。

「なんだ、これは」

やっと起《お》きあがって二人《ふたり》のところまで行《い》くと、二人《ふたり》とも顔《かお》を両手《りょうて》でおおっている。

「何《なに》があったんだ？」

ふたたび声《こえ》をかけると、

「おばけが出《で》ました」

と、声《こえ》をそろえて言《い》った。

「おばけだと。そんなものがいるか？」

内田《うちだ》は二人《ふたり》をしかりつけた。

「子《こ》どもたちは無事《ぶじ》なのか？」

内田《うちだ》がきくと、

「リチャードが入《はい》ったまま、出《で》てきません」

開《ひら》いたままになっている部屋《へや》のドアを指差《ゆびさ》して、村上《むらかみ》が言《い》った。内田《うちだ》が子《こ》ども部屋《べや》に向《む》かおうとする

と、

「画《が》びょうがあるので注意《ちゅうい》してください」

と、マックが言《い》ったが、床《ゆか》にはよけきれないほどの画《が》びょうがばらまかれている。内田《うちだ》は、ときどき刺《さ》さる画《が》びょうに傷《きず》だらけになりながらも、ようやく部屋《へや》にたどりついた。

しかし、そこにはだれもいなかったばかりか、部屋《へや》の窓《まど》も開《あ》いていた。

「いったい何《なに》が起《お》こったんだ？」

子《こ》ども部屋《べや》から出《で》た内田《うちだ》は、廊下《ろうか》にうずくまっている二人《ふたり》をどなりつけた。

「子《こ》どもたちもリチャードもいないじゃないか」

「えっ？」

内田《うちだ》に言《い》われた二人《ふたり》は、力《ちから》を振《ふ》りしぼるようにして立《た》ちあがると、よろよろしながら部屋《へや》までやってきた。

「リチャードまでいなくなるなんて、きっとおばけのせいです」

村上《むらかみ》がマックと顔《かお》を見《み》あわせて、体《からだ》を震《ふる》わせた。

「くだらんことを言《い》うんじゃない。早《はや》く捜《さが》せ」

内田《うちだ》が強《つよ》い口調《くちょう》で言《い》ったとき、

「助《たす》けてくれ」

という声《こえ》が窓《まど》の外《そと》から聞《き》こえてきた。

三人《にん》が窓《まど》から顔《かお》を出《だ》すと、リチャードが子《こ》ども部屋《べや》の窓《まど》の下《した》で足《あし》を押《お》さえていた。

「そんなところで何《なに》をしてるんだ？」

内田《うちだ》はいら立《だ》ちを隠《かく》せない。

「ワナにかかって動《うご》けないんです」

リチャードは悲痛《ひつう》な声《こえ》を上《あ》げた。

「助《たす》けてやれ」

内田《うちだ》があきれながらもそう言《い》ったので、村上《むらかみ》とマックは窓《まど》から外《そと》へ出《で》て、二人《ふたり》がかりでワナを外《はず》した。

「わたしが部屋《へや》をのぞいたときには、すでに子《こ》どもはだれもいませんでしたが、窓《まど》が開《あ》いていたので、まだ、塀《へい》の中《なか》にいるだろうと思《おも》って飛《と》びおりたんです。そうしたら、この始末《しまつ》です」

リチャードが、情《なさ》けない顔《かお》をして報告《ほうこく》すると、

「この窓《まど》は開《あ》けられないはずだろう？」

内田《うちだ》がきいた。

「そうです。わたしの電子《でんし》キーがなくては内側《うちがわ》からでも開《あ》けられません。それに、あの子《こ》どもたちは自《じ》分《ぶん》の意志《いし》で逃《に》げようとはしないはずです」

「それでは、侵入者《しんにゅうしゃ》が外《そと》から窓《まど》を開《あ》けて連《つ》れだしたのか」

内田《うちだ》の声《こえ》が変《か》わった。

「外《そと》から開《あ》けたとしたら窓《まど》が壊《こわ》れているはずですが、そのような形跡《けいせき》もありませんでした。何《なん》の痕跡《こんせき》もなく、窓《まど》の外《そと》へ出《で》るなんて不可能《ふかのう》です」

「では、侵入者《しんにゅうしゃ》はどうやって窓《まど》を開《あ》けて、子《こ》どもたちを連《つ》れだしたんだ？」

「まったくわかりません。もしかすると、さっきのおばけでしょうか？」

「おまえまでそんなばかなことを言《い》うのか。もし窓《まど》から出《で》られたとしても、塀《へい》があるだろう。あの塀《へい》は乗《の》りこえられないはずだから、塀《へい》の中《なか》にいるんじゃないか？」

「そう思《おも》ったんで、外《そと》へ出《で》たんですが、塀《へい》の中《なか》にもすでに子《こ》どもたちはいないようでした」

「じゃあ、どうやって出《で》たと言《い》うんだ？」

「塀《へい》は乗《の》りこえられないので裏口《うらぐち》から出《で》たようです」

「裏口《うらぐち》だって、おまえの電子《でんし》キーがなくては出《で》られないはずだ。おまえが逃《に》がしたのか？」

「そんなことは絶対《ぜったい》にいたしません」

「では、どうやって裏口《うらぐち》から出《で》たんだ？」

「まったくわかりません」

「またわからないと言《い》うのか」

これまでに四人《にん》を奪《うば》ったのと同《おな》じく、想像《そうぞう》もつかない手口《てぐち》だ。これは容易《ようい》ではない敵《てき》だ。

それなのに、敵《てき》の正体《しょうたい》すらわからないとはなんということだ。

「子《こ》どもは全員奪《ぜんいんうば》われてしまった」

それは、組織《そしき》の上層部《じょうそうぶ》には口《くち》がさけても言《い》えないことだ。

もうすべては終《お》わりだ。

内田《うちだ》は家中《いえじゅう》にガソリンをまくと、ライターで火《ひ》を点《つ》けた。

炎《ほのお》がみるみるうちに拡《ひろ》がっていった。

5

日曜日《にちようび》の午前《ごぜん》十時《じ》。

その日《ひ》、『フィレンツェ』に集《あつ》まったのは、英治《えいじ》、相原《あいはら》、谷本《たにもと》、ひとみ、久美子《くみこ》、純子《じゅんこ》、安永《やすなが》、天野《あまの》、柿沼《かきぬま》、日比野《ひびの》、有季《ゆうき》、貢《みつぐ》、由美《ゆみ》、真美《まみ》の十四人《にん》であった。

「良平《りょうへい》くんたちはどうしたんですか？」

真美《まみ》がきいた。

「あの三人《にん》は、夜中《よなか》のうちに助《たす》けだして、病院《びょういん》に入《い》れたよ」

英治《えいじ》が言《い》った。

「みんな元気《げんき》でした？」

「最初《さいしょ》は戸惑《とまど》っていたけど、少《すこ》しずつ元気《げんき》を取《と》りもどしているって看護師《かんごし》さんが言《い》ってた。一週間《しゅうかん》ほどで元《もと》に戻《もど》るらしい。まだお父《とう》さんやお母《かあ》さんを見《み》ても思《おも》いだせないみたいだけれど、今度《こんど》の土曜日《どようび》くらいなら、だいじょうぶだと思《おも》うから、全員《ぜんいん》で会《あ》おう」

相原《あいはら》が言《い》った。

「今朝《けさ》テレビで観《み》たけど、新《あたら》しいアジトが火事《かじ》で焼《や》けたらしいわね」

「わたしも観《み》たよ。菊地《きくち》くんたち、だいじょうぶだったの？」

久美子《くみこ》に続《つづ》いて、純子《じゅんこ》が言《い》った。

「三人《にん》を助《たす》けだした後《あと》だったから平気《へいき》さ。でも、まさかそんなことになるとはな」

英治《えいじ》が言《い》うと、

「内田《うちだ》がわざと火《ひ》をつけて火災《かさい》を起《お》こしたらしい。矢場《やば》さんが言《い》ってた」

相原《あいはら》が言《い》った。

「あの内田《うちだ》が自分《じぶん》たちで火事《かじ》を？　本当《ほんとう》ですか？」

真美《まみ》が目《め》を丸《まる》くした。

「そうだよ。六人全員《にんぜんいん》がいなくなってしまい、組織《そしき》の上層部《じょうそうぶ》から責任《せきにん》を取《と》らされるのを恐《おそ》れて、証拠《しょうこ》を隠滅《いんめつ》して逃《に》げだしたのかもしれない」

「でも、よく三人《にん》を同時《どうじ》にあの家《いえ》から助《たす》けだせましたね。それが不思議《ふしぎ》です」

「新居《しんきょ》だったからできたのさ」

日比野《ひびの》が言《い》った。

「どうして?」

真美《まみ》がきいた。

「それは谷本《たにもと》にきいてみな」

日比野《ひびの》に言《い》われて、真美《まみ》は谷本《たにもと》を見《み》た。

「おれと日比野《ひびの》が引《ひ》っ越《こ》し屋《や》になって、新居《しんきょ》にいろいろな工作《こうさく》をしたのは確《たし》かだけど、あれは、みんなの協力《きょうりょく》のおかげさ」

「おばけのおかげだよ」

柿沼《かきぬま》が言《い》った。

「おばけ? 冗談《じょうだん》でしょう」

「本当《ほんとう》さ。電気《でんき》を止《と》めて真《ま》っ暗《くら》にしてから、おばけを出《だ》したのさ。そうしたら、それがまんまとはまった」

谷本《たにもと》の顔《かお》がほころんだ。

「どんなおばけですか？」

「きみもよく知《し》ってる、バーチャルリアリティーさ。本物《ほんもの》より怖《こわ》いぜ。それにあわせて、子《こ》ども部屋《べや》の前《まえ》の廊下《ろうか》に硫黄《いおう》のにおいと油《あぶら》が流《なが》れて、画《が》びょうの山《やま》があらわれるしくみを作《つく》っておいた」

「まわりは真《ま》っ暗《くら》なんですよね。こわーい」

真美《まみ》が声《こえ》をふるわせた。

「それで時間《じかん》かせぎをしている間《あいだ》に、窓《まど》から連《つ》れだしたんだ」

「すごいですね。でも、どうやって窓《まど》を開《あ》けたんですか？　以前《いぜん》の内田荘《うちだそう》でもそうだったんですけど、あそこの窓《まど》は電子《でんし》キーでないと開《あ》けられないはずです」

「そう思《おも》うだろう。ところが、引《ひ》っ越《こ》し屋《や》になって入《はい》ったときに、窓《まど》に細工《さいく》して、カギがかからないようにしておいたのさ」

日比野《ひびの》が言《い》った。

「それでも高《たか》い塀《へい》があります。乗《の》りこえたんですか？」

「違《ちが》う。裏口《うらぐち》から出《だ》したのさ。簡単《かんたん》だったよ」

谷本《たにもと》が言《い》った。

「そこにもカギがあるでしょう」

「井上《いのうえ》さんが合《あ》いカギを持《も》っていたのさ」

「そうか。井上《いのうえ》さんが協力《きょうりょく》してくれたんだ」

真美《まみ》が納得《なっとく》した。

「そう言《い》えば、井上《いのうえ》さんはどうしたんだ？」

英治《えいじ》がきくと、

「それが、さっきからずっと姿《すがた》が見《み》えないんだ。ケータイにも何度《なんど》か連絡《れんらく》してるんだけど、ずっと通《つう》じない」

谷本《たにもと》が心配《しんぱい》そうに言《い》った。

「これまでの罪《つみ》ほろぼしをするために、おれたちに力《ちから》を貸《か》してくれたんだろう。このままあらわれないつもりかもしれないな」

相原《あいはら》がつぶやいた。

そこへ矢場《やば》があらわれた。

「いろいろお世話《せわ》になりました」

英治《えいじ》が頭《あたま》を下《さ》げると、

「いや、きみたちの活躍《かつやく》は大《たい》したものだった」

矢場《やば》が絶賛《ぜっさん》した。

「いえいえ。矢場《やば》さんの協力《きょうりょく》がなかったら成功《せいこう》しませんでしたよ」

「今日《きょう》は、やけに謙虚《けんきょ》だな」

「ぼくらはいつも謙虚《けんきょ》です」

「そうだったな。しかし、やつらは子《こ》どもたちを誘拐《ゆうかい》してハッカー集団《しゅうだん》を作《つく》るつもりだったんだろ？　全員《ぜんいん》を取《と》りもどせたからよかったが、もしそれが失敗《しっぱい》してたら、とんでもない組織《そしき》が生《う》まれるところだった。そうなったら、日本社会《にほんしゃかい》は破滅《はめつ》させられてしまったかもしれない。本当《ほんとう》に危《あぶ》なかった」

「まるで怪物《かいぶつ》ですね」

「今回《こんかい》はやっつけることができたけど、あいつらがこれでおとなしく引《ひ》きさがるとも思《おも》えん。やつら以《い》外《がい》にも似《に》たようなのが出《で》てくることだって、十分《じゅうぶん》に考《かんが》えられる」

「六人《にん》は間《ま》もなく全員《ぜんいん》が回復《かいふく》します。そうしたら、そういう悪徳《あくとく》ハッカーに対抗《たいこう》できるグループを結成《けっせい》してもらいたいと思《おも》っています」

相原《あいはら》が言《い》うと、

「それはわたしも賛成《さんせい》です。でもそのためにはもっともっとコンピューターの勉強《べんきょう》をしなくちゃダメだと思《おも》うんですけど、勉強《べんきょう》できるところってあるんですか？」

真美《まみ》が不安《ふあん》そうにきいた。

「あるさ。きみたちにはK大《ケイだい》の笹本研究室《ささもとけんきゅうしつ》を紹介《しょうかい》するよ。そこで勉強《べんきょう》すれば、どこよりも優《すぐ》れた研究《けんきゅう》ができる。ぼくもそこで勉強《べんきょう》してるんだ」

谷本《たにもと》が言《い》った。

「そんなところがあるなんて知《し》りませんでした。ぜひお願《ねが》いします」

真美《まみ》が笑顔《えがお》になった。

「まだ教授《きょうじゅ》の私塾《しじゅく》みたいなものだから、ごく一部《いちぶ》の人《ひと》にしか知《し》られていないんだ」

「そうなんですか。きっとみんなも参加《さんか》したがると思《おも》います」

「内田《うちだ》たちのような組織《そしき》は必《かなら》ずまた出《で》てくる。きみたちも覚悟《かくご》しておいた方《ほう》がいいぞ」

矢場《やば》が言《い》うと、

「笹本研究室《ささもとけんきゅうしつ》のことは、まだ公開《こうかい》しないでよ」

英治《えいじ》が思《おも》わず釘《くぎ》をさした。

「当《あ》たり前《まえ》だ。おれをだれだと思《おも》ってる」

「矢場《やば》さんって、ただのレポーターじゃないもんな。見直《みなお》したよ」

「おれと何年《なんねん》付《つ》き合《あ》っているんだ。今《いま》ごろ気《き》がつくなんて遅《おそ》すぎるぞ」

そう言《い》いながら、矢場《やば》は相好《そうごう》を崩《くず》した。

「矢場《やば》さん、やけにご機嫌《きげん》ね。もしかして、今回《こんかい》のスクープで局長賞《きょくちょうしょう》もらった？」

ひとみが矢場《やば》につっこんだ。

「もちろんだ。本当《ほんとう》はきみたちのこともテレビで紹介《しょうかい》したかったが、思《おも》わぬ危険《きけん》が降《ふ》りかかるといけないから、あえて伏《ふ》せておいた。悪《わる》く思《おも》わないでくれ」

「そんなこと思《おも》いませんよ。矢場《やば》さんがそこまで気《き》をつかってくださったことに感謝《かんしゃ》します」

「そうか、わかってくれたか」

「その代《か》わり、わたしたちにご馳走《ちそう》くらいはしてくれるんでしょう？」

ひとみが念《ねん》を押《お》すと、

「それはもちろんいいんだけど、人数《にんずう》が多《おお》すぎる。抽選《ちゅうせん》で三人《にん》までということにしてくれないか？」

矢場《やば》があたふたしながら言《い》った。

「そんなケチなこと言《い》わないでよ。ここのパスタならラーメンより安《やす》いよ」

英治《えいじ》に言《い》われて、矢場《やば》は、

「本当《ほんとう》か？」

と、貢《みつぐ》の顔《かお》を見《み》た。

「ラーメンと同《おな》じくらいに、まけときます」

貢《みつぐ》が手《て》をもみながら、笑顔《えがお》でこたえた。

「しょうがないな。じゃあ、みんなにおごるよ」

矢場《やば》が言《い》うと、

「やったー！」

みんなは歓声《かんせい》をあげた。

6

土曜日《どようび》。

英治《えいじ》たちに連《つ》れられて、杉江良平《すぎえりょうへい》、松野靖之《まつのやすゆき》、吉岡卓《よしおかたく》、秋吉裕弥《あきよしゆうや》、久木真美《ひさきまみ》、水原《みずはら》こずえの六人《にん》がK《ケイ》大《だい》の笹本研究室《ささもとけんきゅうしつ》にやってきた。

「汚《きたな》い研究室《けんきゅうしつ》だな」

靖之《やすゆき》は研究室《けんきゅうしつ》に入《はい》るなり言《い》った。

「そうね」

こずえがうなずいた。

「金《かね》がないからだ。しかし、これでも勉強《べんきょう》は十分《じゅうぶん》できる」

野口《のぐち》が言《い》った。

「それにしてもぼろいですね。ぼくらが勉強《べんきょう》してたところはもっと立派《りっぱ》でしたよ」

靖之《やすゆき》が言《い》うと、

「そのうちに、もう少《すこ》ましなところに移《うつ》る」

教授《きょうじゅ》の笹本《ささもと》がさらりと言《い》った。

「先生《せんせい》、怒《おこ》らないんですか？」

真美《まみ》が笹本《ささもと》の顔《かお》を見《み》た。

「何《なに》を怒《おこ》ることがあるんだ？」

笹本《ささもと》の表情《ひょうじょう》は変《か》わらない。

「そうか。そんなことには関心《かんしん》がないんだ。そうでしょう？」

真美《まみ》がつづけて言《い》ったので、笹本《ささもと》は笑《わら》いだした。

「きみはおもしろいことを言《い》うな」

「そうですか。わたし先生《せんせい》が好《す》きになりました。ここで勉強《べんきょう》させてください」

真美《まみ》が言《い》うと、良平《りょうへい》も、

「ぼくもここで勉強《べんきょう》させてください」

とつづけた。すると後《あと》の四人《にん》も、

「ここで勉強《べんきょう》したい」

と、声《こえ》をそろえた。

「いいだろう。ところで、きみたちは元《もと》に戻《もど》ったのか？」

野口《のぐち》がきいた。

「はい、やっと元《もと》の自分《じぶん》に戻《もど》りました。まるで悪夢《あくむ》を見《み》ていたような気分《きぶん》です」

靖之《やすゆき》が言《い》うと、全員《ぜんいん》がうなずいた。

「きみたちは誘拐《ゆうかい》されてすぐにあの施設《しせつ》で洗脳《せんのう》されたと思《おも》うんだが、そのときのことを覚《おぼ》えているか？」

野口《のぐち》がきいた。

「まったく覚《おぼ》えていません」

「家《いえ》のことを思《おも》いだして帰《かえ》りたいと思《おも》ったことは？」

「一度《いちど》もありません」

「それじゃ、さびしいことはなかった？」

「ええ、六人《にん》でいるときは毎日《まいにち》が楽《たの》しかった。なあ」

良平《りょうへい》がみんなの顔《かお》を見《み》て言《い》った。

「でも、ぼくらは記憶《きおく》を奪《うば》われていたんですね。今《いま》になって思《おも》うと、恐《おそ》ろしいし、腹《はら》が立《た》ちます」

裕弥《ゆうや》が言《い》った。

「これじゃ、自分《じぶん》から逃《に》げだす者《もの》はいないはずだ」

英治《えいじ》は相原《あいはら》と顔《かお》を見合《みあ》わせた。

「あんなとこに入《い》れた上《うえ》に、逃《に》げようとも思《おも》わせないなんて恐《おそ》ろしいわ」

純子《じゅんこ》が言《い》った。

「これじゃ、わたしたちがどんなに捜《さが》しても、真美《まみ》ちゃんが見《み》つからなかったのもうなずけるね」

有季《ゆうき》が由美《ゆみ》に言《い》った。

「でも、みなさんのおかげで、おれたちの初仕事《はつしごと》も大成功《だいせいこう》に終《お》わったな」

貢《みつぐ》がうれしそうに笑《わら》うと、

「アッシーがさらわれたときはどうしようかと思《おも》ったけど、それも教訓《きょうくん》にして、探偵事務所《たんていじむしょ》をはじめたいと思《おも》いますので、よろしくお願《ねが》いします」

と、有季《ゆうき》が英治《えいじ》たちに頭《あたま》を下《さ》げた。

「幸《さいわ》い、きみたちのおかげで、今回《こんかい》は六人《にん》を救《すく》いだすことができたが、内田《うちだ》たちが態勢《たいせい》を立《た》てなおして、また同《おな》じようなことをやらないとも限《かぎ》らないし、似《に》たような連中《れんちゅう》もきっとあらわれる」

野口《のぐち》の表情《ひょうじょう》がこわばった。

「野口《のぐち》さんの言《い》うとおりだ。きみたち、これからも用心《ようじん》しないと危《あぶ》ないぞ」

相原《あいはら》が靖之《やすゆき》に言《い》った。

「では、どうしたらいいですか？」

靖之《やすゆき》が相原《あいはら》に質問《しつもん》した。

「ばらばらでいるよりは、六人《にん》でグループを作《つく》った方《ほう》がいい。それでお互《たが》いに助《たす》けあうんだ。おれたちのグループと同《おな》じように」

「そうだ。おれなんて、みんなのおかげでここまで来《こ》られたんだ。きみたちも、おれたちみたいにお互《たが》

いに助《たす》けあうグループを作《つく》れ」

安永《やすなが》が言《い》った。

「そうね。すぐに作《つく》ろう」

真美《まみ》がこずえの手《て》をしっかりにぎった。

「きみたちを教《おし》えた先生《せんせい》は日本人《にほんじん》だったか、外国人《がいこくじん》だったか、どちらだ?」

野口《のぐち》がきいた。

「外国人《がいこくじん》で女《おんな》の先生《せんせい》でした。ぼくらを日本《にほん》で最強《さいきょう》のハッカーにするんだって、みっちり基礎《きそ》から教《おし》えられました」

靖之《やすゆき》が言《い》った。

「ハッカーの勉強《べんきょう》はしたのか?」

「いいえ、まだでしたが、この次《つぎ》には教《おし》えると言《い》ってました」

「早《はや》く助《たす》けだすことができて、本当《ほんとう》に良《よ》かったよ」

野口《のぐち》は表情《ひょうじょう》をやわらげた。

7

「あの六人《にん》、笹本研究室《ささもとけんきゅうしつ》に通《かよ》いだしたぞ。おまえも来《こ》い」

谷本《たにもと》に言《い》われて、英治《えいじ》は、

「どうする？」

と、相原《あいはら》に言《い》った。

「おれは行《い》ってもいいよ。中尾《なかお》も行《い》くだろう？」

相原《あいはら》に言《い》われて、中尾《なかお》は、

「もちろん行《い》く」

と答《こた》えた。

「わたしも行《い》っていいですか？」

有季《ゆうき》が手《て》をあげた。するとひとみが、

「それじゃ、わたしも」

と言《い》いながら、英治《えいじ》の顔《かお》を見《み》た。

「この調子《ちょうし》だと初級講座《しょきゅうこうざ》がほしいな。作《つく》ってもらえます？」

英治《えいじ》が野口《のぐち》にきいた。

「いいよ。そろそろ作《つく》ろうと思《おも》っていたところだ。そのかわり、小学生《しょうがくせい》も一緒《いっしょ》だぞ。いいか？」

「最近《さいきん》の小学生《しょうがくせい》はすごいから負《ま》けそうだけど、よろしくお願《ねが》いします」

「菊地《きくち》が行《い》くならおれも行《い》く」

柿沼《かきぬま》につづいて、佐竹《さたけ》と立石《たていし》も、

「おれたちを忘《わす》れてもらっちゃ困《こま》る」

と言《い》った。

すると日比野《ひびの》が、

「おれは遠慮《えんりょ》しておくよ。貢《みつぐ》もだろう」

と言《い》うと、

「ぼくは行《い》きます」

と貢《みつぐ》に言《い》われて、とたんに機嫌《きげん》を悪《わる》くした。

「おまえはシェフになるんだろう。シェフにコンピューターの知識《ちしき》が必要《ひつよう》か？」

日比野《ひびの》がかみついた。

「必要《ひつよう》に決《き》まってるじゃないの。いまどき、そんなこと言《い》ってると、あなたのお店《みせ》はつぶれちゃうよ」

ひとみに言《い》われて、日比野《ひびの》はしゅんとなった。

「日比野《ひびの》、おまえはいいから、イタリアへ行《い》って本物《ほんもの》のイタリア料理《りょうり》を覚《おぼ》えてこい。おれたちはその日《ひ》が来《く》るのを待《ま》っているから」

安永《やすなが》に言《い》われて、日比野《ひびの》の顔《かお》が明《あか》るくなった。

「AI《エーアイ》の時代《じだい》がやってくると、今《いま》までのわれわれの常識《じょうしき》は劇的《げきてき》に変《か》わってしまう。どんなふうになるか、考《かんが》えたことはあるか？」

野口《のぐち》にそうきかれた英治《えいじ》は、

「考《かんが》えたことはありません」

と、素直《すなお》に答《こた》えた。

「今《いま》の教育《きょういく》は基本的《きほんてき》に、言《い》われたことをきちんとこなす、おりこうさんをつくろうとしているが、AI《エーアイ》の時代《じだい》になると、そういうことはすべてロボットがやれてしまう。人間《にんげん》にはもっと創造的《そうぞうてき》で快活《かいかつ》で、気《き》まぐれな要素《ようそ》がもとめられるようになる」

「気《き》まぐれはわかるような気《き》がします」

相原《あいはら》が言《い》った。

「これからは、教育《きょういく》より学《まな》びが大事《だいじ》だと言《い》われている」

「どう違《ちが》うんですか？」

英治《えいじ》が野口《のぐち》にきいた。

「教育《きょういく》とはだれかから教《おそ》わる行為《こうい》で、学《まな》びとは自分《じぶん》で考《かんが》えることだ」

「そうか、わかったぞ」

英治《えいじ》はうなずいた。

「変化《へんか》が激《はげ》しい時代《じだい》は、教科書《きょうかしょ》で学《まな》んだ知識《ちしき》だけでは乗《の》りきれない。自分《じぶん》で考《かんが》えることが重要《じゅうよう》になる。

それと、視野《しや》を広《ひろ》く持《も》つことと、遊《あそ》び心《ごころ》がないとだめだ。仲間《なかま》との議論《ぎろん》も必要《ひつよう》だ。これらはコンピューターにはできないことだ」

「それなら、おれたちには向《む》いているかもしれない」

「個人個人《こじんこじん》が学校《がっこう》や会社以外《かいしゃいがい》でもいろんな経験《けいけん》を積《つ》んで、新《あたら》しい成功例《せいこうれい》をつくることが、これからの日本《にほん》には必要《ひつよう》だと思《おも》う」

「野口《のぐち》さんの今《いま》の話《はなし》で、ＡＩ《エーアイ》時代《じだい》が少《すこ》しわかってきたような気《き》がする」

相原《あいはら》が言《い》った。

「社会《しゃかい》をどう変《か》えるかを考《かんが》えるのはＡＩ《エーアイ》じゃない。きみたちだ」

野口《のぐち》は熱《ねつ》っぽい口調《くちょう》で言《い》った。

「やろうぜ」

みんなが叫《さけ》んだ。

あとがき

２０４５年《ねん》に、コンピューターの能力《のうりょく》が人間《にんげん》の脳《のう》を上回《うわまわ》る、「シンギュラリティ（技術的特異点《ぎじゅつてきとくいてん》）」を迎《むか》えるという予測《よそく》がある。

そのころ、今《いま》、小中学生《しょうちゅうがくせい》のきみたちはどうなっているだろう。

ＡＩ《エーアイ》（人工知能《じんこうちのう》）の進化《しんか》が、今後《こんご》どんな変革《へんかく》をもたらすだろうか？

２０４５年《ねん》なんて、すぐに来《く》るのだから、うかうかしてはいられない。

最近《さいきん》でも、悪質《あくしつ》なハッカーが世《よ》の中《なか》を騒《さわ》がせたりしている。

小中学生《しょうちゅうがくせい》には関係《かんけい》ない？　いや、気《き》がつくと、とんでもないことに巻《ま》きこまれてしまうことがあるかもしれない。ＡＩ《エーアイ》のことも勉強《べんきょう》しよう。

ぼくはそんな思《おも》いで、この作品《さくひん》を書《か》いた。

物語《ものがたり》は『遠野物語《とおのものがたり》』の民話《みんわ》からはじまる。ここに描《えが》いたのは、遠野地方《とおのちほう》に昔《むかし》から伝《つた》わる昔話《むかしばなし》の聞《き》き書《が》きだが、それが現代《げんだい》のバーチャルリアリティーとつながり、大事件《だいじけん》に発展《はってん》するという筋書《すじが》きだ。

AI《エーアイ》は、人間《にんげん》の生活《せいかつ》を便利《べんり》にする反面《はんめん》、悪用《あくよう》すれば社会秩序《しゃかいちつじょ》を破壊《はかい》したり、大混乱《だいこんらん》をもたらしたりすることもできる。

ここに登場《とうじょう》する悪《あく》の組織《そしき》は、誘拐《ゆうかい》してきた優秀《ゆうしゅう》な子《こ》どもに英才教育《えいさいきょういく》をほどこし、一流《いちりゅう》のハッカーに育《そだ》てた上《うえ》で、犯罪《はんざい》に手《て》を染《そ》めさせようと計画《けいかく》していた。

そんな折《おり》、中学《ちゅうがく》の新《しん》一年生《ねんせい》になり、将来探偵事務所《しょうらいたんていじむしょ》を開《ひら》くと言《い》っていた有季《ゆうき》のもとに、クラスメイトの由美《ゆみ》がやってきて、一年前《ねんまえ》からいなくなっている妹《いもうと》の真美《まみ》を捜《さが》してほしいと言《い》う。

同時《どうじ》に、英治《えいじ》からも行方不明者捜索《ゆくえふめいしゃそうさく》に協力《きょうりょく》をしてほしいという依頼《いらい》が舞《ま》いこむ。それは六人《にん》の小学生《しょうがくせい》で、矢場《やば》を通《つう》じて調《しら》べてみると、その中《なか》には真美《まみ》がいることもわかった。

英治《えいじ》たちは悪《あく》の組織《そしき》に誘拐《ゆうかい》された六人《にん》の子《こ》どもたちを救《すく》いだそうと計画《けいかく》する。

しかし、相手《あいて》は国際的《こくさいてき》に強大《きょうだい》な組織《そしき》である。並大抵《なみたいてい》のことでは救《すく》いだすことはできない。

もちろん、これまで戦《たたか》ってきた相手《あいて》とはレベルが違《ちが》う。失敗《しっぱい》したらこちらの命《いのち》が危《あぶ》ない。

しかし、こんなことでびびる英治《えいじ》たちではない。闘志《とうし》はますますわいてくる。

そこで考《かんが》えたのが外出先《がいしゅつさき》での奪取作戦《だっしゅさくせん》だった。安永《やすなが》や佐竹《さたけ》の活躍《かつやく》で、六人《にん》が高尾山《たかおさん》に出《で》かけることを突《つ》きとめると、真美《まみ》ともう一人《ひとり》を救《すく》いだした。

これは組織《そしき》に大《おお》きなショックをあたえた。

しかし、敵《てき》もあまくはない。真美《まみ》の見《み》はりに当《あ》たっていた貢《みつぐ》が誘拐《ゆうかい》されてしまった。貢《みつぐ》はそこで、自《じ》白剤《はくざい》を注射《ちゅうしゃ》され、自分《じぶん》たちのことを洗《あら》いざらいしゃべってしまう。

人質交換《ひとじちこうかん》を持《も》ちかける悪《あく》の組織《そしき》。

応《おう》じると見《み》せかけて、安永《やすなが》が奇策《きさく》を仕《し》かける。それには矢場《やば》と貢《みつぐ》の父親《ちちおや》も参加《さんか》して、貢《みつぐ》と三人目《にんめ》の子《こ》どもを救出《きゅうしゅつ》した。

結果《けっか》、六人《にん》いた子《こ》どもは半分《はんぶん》になった。

だが、残《のこ》されている三人《にん》も救《すく》いださなくてはならない。

そのとき、谷本《たにもと》が考《かんが》えだした作戦《さくせん》とは？

これからはじまるAI《エーアイ》時代《じだい》。われわれは幸《しあわ》せになるのか、それとも不幸《ふこう》になるのか。それは人間次第《にんげんしだい》だということをあらためて考《かんが》えてみようではないか。

二〇一七年《ねん》九月《がつ》

宗田《そうだ》　理《おさむ》

＊宗田理《そうだおさむ》さんへのお手紙《てがみ》は、角川《かどかわ》つばさ文庫編集部《ぶんこへんしゅうぶ》へお送《おく》りください。

〒102-8078　東京都千代田区富士見《とうきょうとちよだくふじみ》1-8-19

角川《かどかわ》つばさ文庫編集部《ぶんこへんしゅうぶ》　宗田理《そうだおさむ》さん係《がかり》

宗田 理／作

東京都生まれ、少年期を愛知県ですごす。『ぼくらの七日間戦争』をはじめとする「ぼくら」シリーズは中高生を中心に圧倒的人気を呼び大ベストセラーに。著作に『ぼくらの天使ゲーム』『ぼくらの大冒険』『ぼくらと七人の盗賊たち』『ぼくらの学校戦争』『ぼくらのデスゲーム』『ぼくらの南の島戦争』『ぼくらの㋳バイト作戦』『ぼくらのC計画』『ぼくらの怪盗戦争』『ぼくらの(黒)会社戦争』『ぼくらの修学旅行』『ぼくらのテーマパーク決戦』『ぼくらの体育祭』『ぼくらの太平洋戦争』『ぼくらの一日校長』『ぼくらのいたずらバトル』『ぼくらの㊙学園祭』『ぼくらの無人島戦争』『ぼくらのハイジャック戦争』『２年Ａ組探偵局 ラッキーマウスと３つの事件』『２年Ａ組探偵局 ぼくらのロンドン怪盗事件』『２年Ａ組探偵局 ぼくらの都市伝説』（角川つばさ文庫）など。

YUME／絵

イラストレーター。挿絵を担当した作品に『ぼくらのハイジャック戦争』『バケモノの子』（角川つばさ文庫）などがある。

角川《かどかわ》つばさ文庫《ぶんこ》

ぼくらの消《き》えた学校《がっこう》

作《さく》　宗田《そうだ》 理《おさむ》

絵《え》　YUME《ゆめ》

キャラクターデザイン　はしもとしん

2017年12月15日　初版発行
2020年６月30日　８版発行

発行者　郡司 聡
発　行　株式会社KADOKAWA
〒102-8177　東京都千代田区富士見 2-13-3
電話　0570-002-301（ナビダイヤル）
印　刷　株式会社KADOKAWA
製　本　株式会社KADOKAWA
装　丁　ムシカゴグラフィクス

ISBN978-4-04-631734-6　C8293　　N.D.C.913　226p　18cm

読者のみなさまからのお便りをお待ちしています。下のあて先まで送ってね。
いただいたお便りは、編集部から著者へおわたしいたします。

〒102-8078　東京都千代田区富士見 1-8-19　角川つばさ文庫編集部

角川つばさ文庫のラインナップ

ぼくらと七人の盗賊たち

作／宗田 理
絵／はしもとしん

「ぼくらの七日間戦争」を戦った英治と相原たちは、盗賊が盗んだ品をかくしているアジトを発見する!?　盗賊は盗品を老人に高く売りつけて、もうけている。スリルと冒険の、泥棒たちとの攻防戦！「ぼくら」シリーズ第４弾!!

ぼくらの七日間戦争

作／宗田 理
絵／はしもとしん

東京下町の中学1年2組の男子生徒が廃工場に立てこもり、子ども対大人の戦いがはじまった！　女子生徒たちとの奇想天外な大作戦に、本当の誘拐事件がからまり、大人たちは大混乱。息もつかせぬ大傑作コミカル・ミステリー！

ぼくらの学校戦争

作／宗田 理
絵／はしもとしん

ぼくらシリーズの書きおろし新刊！　こんどは学校が解放区!!　英治たちが卒業した小学校が廃校になり壊される!?　学校をおばけ屋敷にする計画を立てるが、本物の死体…。凶悪犯があらわれる。ぼくらと悪い大人との大戦争!!

ぼくらの天使ゲーム

作／宗田 理
絵／はしもとしん

「ぼくらの七日間戦争」を戦った東中１年２組の生徒たちは、こんどは、２学期に“天使ゲーム”を始めた。つぶれかけた幼稚園を老稚園にしたり、悪い大人をこらしめる。大人気「ぼくら」シリーズ第２弾!!

ぼくらのデスゲーム

作／宗田 理
絵／はしもとしん

新しい校長と担任がやってきた！　きびしい規則がつぎつぎと決められ、新担任と攻防戦。そこに「殺人予告状」が届き、純子の弟が誘拐される…。有季も加わり、ぼくらと殺人犯との戦い！　絶好調「ぼくら」シリーズ第６弾!!

ぼくらの大冒険

作／宗田 理
絵／はしもとしん

英治たちは噂のＵＦＯを見にいくが、宇野と安永がＵＦＯに連れ去られたように消えてしまう。英治たちは、２人の大救出作戦を開始。背後に宗教団体や埋蔵金伝説が!?　インチキな大人と戦う「ぼくら」シリーズ第３弾！

つぎはどれ読む？

2年A組探偵局
ラッキーマウスと3つの事件

作／宗田 理
絵／はしもとしん

ぼくらの仲間、有季は探偵事務所を始めた。2年A組探偵局、略して2A探偵局。所長は有季、助手は貢。大会社会長の子ども誘拐、家庭教師の日記帳盗難、中学校の幽霊＆学校占領と、事件が連続！ 解決は有季におまかせ!!

2年A組探偵局
ぼくらのロンドン怪盗事件

作／宗田 理
絵／はしもとしん

有季と真之介、貢は、怪盗を捕まえるため、ロンドンへ飛んだ。ところが、怪盗は世界最大級のダイヤを盗むため、豪華客船クイーン・エリザベス号にいた。2A＆ぼくらが怪盗と対決する！ つばさ文庫書きおろしスペシャル物語！

2年A組探偵局
ぼくらの都市伝説

作／宗田 理
絵／ YUME
キャラクターデザイン/はしもとしん

不思議な少年が転校してきて、悪ガキの妹が人さらいにあった！ さらに、「学校は炎上し、教師が死ぬ」と脅迫状が校長に届いた。霊があらわれ、学校は大混乱。2A&ぼくら全員集合、都市伝説を解決！ 書きおろし!!

ぼくらの南の島戦争

作／宗田 理
絵／はしもとしん

中学2年の夏休み、ぼくらは南の島の学校に立てこもり、「七日間戦争」のように大人たちと戦う！ こんどの敵は美しい島を壊し、ゴルフ場をつくろうとする桜田組。組長や殺し屋もやってきて大戦争！ 大人気ぼくらシリーズ第7弾!!

ぼくらの㋳バイト作戦

作／宗田 理
絵／はしもとしん

中学2年2学期、働けない父親のかわりに、バイトで学校を休んでいる安永を助けるため、ぼくらは、お金もうけ作戦！ 占い師や探偵になったり…。ところが、本当の殺人事件に出くわし…!? 大人気ぼくらシリーズ第8弾!!

ぼくらのC《クリーン》計画

作／宗田 理
絵／はしもとしん

中学2年3学期。ぼくらは心やお金にきたない大人をやっつけるため、悪い政治家が書かれている㊙“黒い手帳”を武器に、クリーン計画を実行！ 殺し屋、マスコミも押しよせて大ハプニング！ ぼくらシリーズ第9弾!!

第《だい》5回《かい》
角川《かどかわ》つばさ文庫《ぶんこ》小説賞《しょうせつしょう》
金《きん》賞《しょう》受《じゅ》賞《しょう》作《さく》！
『ぼくら』シリーズ宗《そう》田《だ》理《おさむ》さんすいせん！
世《せ》界《かい》一《いち》クラブ
大空《おおぞら》なつき・作
明菜《あきな》・絵
最強《さいきょう》の小学生《しょうがくせい》、あつまる！
『世界一《せかいいち》クラブ』とは？
世界一《せかいいち》の能力《のうりょく》を持《も》った
小学生《しょうがくせい》たちが結成《けっせい》したクラブ。
世界一《せかいいち》クラブのメンバー
世界一《せかいいち》の天才少年《てんさいしょうねん》
3時間《じかん》ごとに眠《ねむ》ってしまう!?
世界一《せかいいち》の柔道少女《じゅうどうしょうじょ》
だれでも、投《な》げとばす!?
忍《しの》びと知《し》られてはいけない！
世界一《せかいいち》の忍《しの》び？
世界一《せかいいち》のエンターテイナー
世界一《せかいいち》のドジ!?
世界一《せかいいち》の美少女《びしょうじょ》
人前《ひとまえ》に出《で》るのが苦手《にがて》！

世《せ》界《かい》一《いち》クラブ

最強《さいきょう》の小学生《しょうがくせい》、あつまる!

チョイ読《よ》み

おれは**徳川光一**《とくがわこういち》。〈世界一《せかいいち》の**天才少年**《てんさいしょうねん》〉って呼《よ》ばれている。小《しょう》6の始業式《しぎょうしき》、幼《おさな》なじみで、〈世界一《せかいいち》の**柔道少女**《じゅうどうしょうじょ》〉**すみれ**と登校《とうこう》すると、学校《がっこう》は警察官《けいさつかん》に囲《かこ》まれ、**封鎖**《ふうさ》されていた!?

刑務所《けいむしょ》から、**銃**《じゅう》を奪《うば》って逃《に》げだした**脱獄犯**《だつごくはん》が、**先生**《せんせい》を**人質**《ひとじち》に学校《がっこう》に立《た》てこもっている!! 大人《おとな》たちにまかせておけない。先生《せんせい》を助《たす》けだすため、仲間《なかま》をあつめろ!

おれ、すみれ、3人目《にんめ》のメンバーは、〈世界一《せかいいち》の**エンターテイナー**〉の**健太**《けんた》。4人目《にんめ》は、転校《てんこう》してきたばかりの、**美少女**《びしょうじょ》コンテスト世界大会《せかいたいかい》で優勝《ゆうしょう》した**クリス**。でも、**人見知**《ひとみし》**り**!? 5人目《にんめ》は、世界一《せかいいち》の**忍**《しの》**び**? らしいが、忍《しの》びと知《し》られてはいけない**和馬**《かずま》。このメンバーで、だいじょうぶ!?

脱獄犯《だつごくはん》は4人組《にんぐみ》。警察官《けいさつかん》30人《にん》を病院送《びょういんおく》りにした**大男**《おおおとこ》や、**闇**《やみ》**のブローカー**など、銃《じゅう》を得意《とくい》とする**凶悪犯**《きょうあくはん》。仲間《なかま》と力《ちから》を合《あ》わせ、先生《せんせい》の命《いのち》を救《すく》うため、**夜**《よる》**の学校**《がっこう》にしのびこむ!

このつづきは本《ほん》で読《よ》んでね!

世界一《せかいいち》**クラブ**
最強《さいきょう》**の小学生**《しょうがくせい》**、あつまる!**

ところが、さらに大事件《だいじけん》が……!?

角川つばさ文庫発刊のことば

角川グループでは『セーラー服と機関銃』(81)、『時をかける少女』(83・06)、『ぼくらの七日間戦争』(88)、『リング』(98)、『ブレイブ・ストーリー』(06)、『バッテリー』(07)、『DIVE!!』(08) など、角川文庫と映像とのメディアミックスによって、「読書の楽しみ」を提供してきました。

角川文庫創刊60周年を期に、十代の読書体験を調べてみたところ、角川グループの発行するさまざまなジャンルの文庫が、小・中学校でたくさん読まれていることを知りました。

そこで、文庫を読む前のさらに若いみなさんに、スポーツやマンガやゲームと同じように「本を読むこと」を体験してもらいたいと「角川つばさ文庫」をつくりました。

読書は自転車と同じように、最初は少しの練習が必要です。しかし、読んでいく楽しさを知れば、どんな遠くの世界にも自分の速度で出かけることができます。それは、想像力という「つばさ」を手に入れたことにほかなりません。

「角川つばさ文庫」では、読者のみなさんといっしょに成長していける、新しい物語、新しいノンフィクション、角川グループのベストセラー、ライトノベル、ファンタジー、クラシックスなど、はば広いジャンルの物語に出会える「場」を、みなさんとつくっていきたいと考えています。

読んだ人の数だけ生まれる豊かな物語の世界。そこで体験する喜びや悲しみ、くやしさや恐ろしさは、本の世界の出来事ではありますが、みなさんの心を確実にゆさぶり、やがて知となり実となる「種」を残してくれるでしょう。

かつての角川文庫の読者がそうであったように、「角川つばさ文庫」の読者のみなさんが、その「種」から「21世紀のエンタテインメント」をつくっていってくれたなら、こんなにうれしいことはありません。

物語の世界を自分の「つばさ」で自由自在に飛び、自分で未来をきりひらいていってください。

ひらけば、どこへでも。——角川つばさ文庫の願いです。

角川つばさ文庫編集部